SONNY AND ME

ROSS SAYERS

gob stopper

First published in 2019 by Gob Stopper

Gob Stopper is an imprint of Cranachan Publishing Limited

ISBN: 978-1-911279-46-4

eISBN: 978-1-911279-47-1

Cover Illustration:

© shutterstock.com / Nagy Mariann / Summer Slushie

© shutterstock.com / Tendo / Notebook Paper

www.cranachanpublishing.co.uk

@cranachanbooks

cranachan

FOR AILSA, MAISIE & EVAN

Bagsy not explaining the rude bits to you when you're older.

✳ ONE ✳

'Why did yer dad leave, Sonny?'

Sonny and me walk tae school thigither nearly every mornin, so I had tae ask eventually.

'Well,' Sonny says. 'He went oot for cigarettes one day, and…'

I nod.

'He never came back?'

'Aw naw, he came straight back. But Mum had telt him if he spent any mair ae oor money on fags, she'd chuck him oot. So that was that.'

I hink aboot whit it would be like if my dad wasnae aroond. Hame wouldnae be the same, but I would get tae stick the heatin on whenever I fancied. I'd be the man ae the hoose, whitever that means.

'I dae get sad sometimes,' Sonny goes on. 'When I see the Alloa score comin up on the telly on Saturday afternoons.'

'Is that who yer dad supported?'

He looks surprised.

'Naw. I just feel sorry for folk that support Alloa.'

Sometimes oor Sonny's no the brightest. He's lucky he's got me tae keep him right. I tap my temple and Sonny does the same. It's oor wee code tae let the other yin ken we're on the same wavelength.

Battlefield High looms in the distance. We trudge through the long grass, stampin it doon where the shortcut's fightin back. Tae the left are the Bluebell Woods, tae the right the big slope which takes ye doon tae the burn.

We go tae the far side ae the artificial fitbaw pitch. When it's dry, we spend the spare time in the mornin here, afore the first and second bells go. It's quiet, and we can huv a swatch at the folk comin up the path.

A group ae seniors go by, lead by Big Snib.

'Why does he get called Big Snib?' Sonny asks. 'Is it cause he's got a big nose?'

'Naw,' I answer. 'It's cause he's iways reekin ae B.O., and Snib is bins backwards.'

I ken aw fourth years must feel this way, but I swear the fifth and sixth years huv a different existence tae the rest ae us. The teachers actually treat them wi respect and huv normal conversations wi them. They're no on trial aw the time.

'Ye ken whit else I was wonderin?' Sonny says. 'D'ye hink Miss Baird gets her jam roll?'

'Dinnae say it like that,' I tell him. 'Makes me cringe.'

'I get ye. D'ye hink Miss Baird gets her Nat King Cole?'

'Just say sex!'

'Awright. D'ye hink Miss Baird gets her… sex?'

Miss Baird is oor favourite teacher in this dump, and

Sonny, ae aw folk, is hinkin aboot her gettin her… sex. I stare off intae the distance instead ae replyin, lookin intae the wild grass that stretches tae Elgin Drive. I mind when it was short enough ye could hit a golfbaw aboot for some practice. No noo. Ye could lose yer dug in there if ye let it off the leash.

'Is there no better hings tae be spendin yer time hinkin aboot?' I say.

'I dinnae fancy her or anyhin, obviously,' Sonny explains. 'But would ye no like tae hink she does? Her husband passed away afore we even started high school. That's years goin by, no gettin any. Might make ye a bit weird.'

'Maybe,' I say. 'Might explain why aw the aulder teachers here are fuckin doolally. I wouldnae ask her though. Women dinnae talk tae men aboot sex.'

'And we're no even men yet.'

Fae the corner ae my eye, I spot Genevieve Wu appearin fae the wids behind us. I turn and face the other way. She'll no see me lookin at her first. I'm no daft for her. Some other folk might be, but I'm no. If somebody said I fancied her, they were lyin. It was probably Howarth. I fuckin knew I couldnae trust that boy.

'Hiya, Genny!' Sonny shouts at her, his hand wavin and his blonde hair booncin.

'Sakes, Sonny,' I whisper. 'Ye're aboot as subtle as a skeleton throwin a fit on a tin roof.'

She comes off the main path and walks towards us. She's wearin her black Adidas hoodie wi the gold stripes on the arms.

'Hiya, Sonny,' Genevieve says. 'Hiya, Daughter. Whit are yeese sayin tae it this mornin?'

She climbs the wee grassy ridge and stands between us.

'We were debatin,' Sonny starts. 'If Miss Baird gets her ho—'

'Hole…' I jump in. 'Whole wardrobe fae one shop. Sonny hinks she gets aw her claithes fae one place, but I hink she shops aboot tae get the best deals.'

Genevieve gies us a funny frown.

'Youse two were stood here debatin where Miss Baird gets her skirts and blouses and that fae?'

I look at Sonny and nod.

'Aye,' I say. 'Women's fashion. It's gid, eh? Underrated.'

My elbow digs intae Sonny's side tae encourage him tae join in.

'Really underrated,' he adds. 'There's so many accessories youse get that we dinnae. I wish I got tae wear women's claithes sometimes.'

Genevieve stands on her tiptoes and puts an arm on each ae oor shoulders.

'Whit's yer favourite outfit Miss Baird wears then?' she asks.

There's a wee layer ae sweat startin tae spread across

my back.

'Well,' I say. 'I like… the, eh… jeans?'

'And the top,' Sonny adds.

'Aye, the nice top. The jeans wi the nice top. That's—that's the best yin.'

Genevieve nods, still restin her arms on oor shoulders. It feels like there's a pulse in my shoulder, poundin wi blood. I wonder if she can feel it.

'Ye ken whit I hink,' she says, and I prepare tae get a row for discussin Miss Baird's garments oot in public. 'I hink youse two are so different fae the rest ae the boys in oor year.'

She smiles and punches me on the arm. It hurts but I cannae let on.

'Is that aw yeese are talkin aboot?' she says. 'Ye ken there's rumours aboot you two.'

'Aye,' I reply, giein her a wee punch back, hopin it was light enough. 'Like the rumours aboot you and that exchange boy on the trip tae Oban.'

Genevieve reaches a hand oot and clicks her fingernails doon the metal ae the fence.

'Whit happened between me and Francesco was special,' she says. 'He could do hings wi his tongue you two couldnae imagine.'

'I dinnae hink we want tae imagine.'

'I wouldnae mind imaginin a wee bit,' says Sonny.

Genevieve laughs and throws her heid back. Her hair

tickles at my neck and I stretch my heid forward til it falls off. It smells ae some fruit ye dinnae get in a packet ae Starburst.

'Right,' she says. 'I'm off tae reg. Youse enjoy yer fashion chat.'

She strides off and joins the stream ae folk comin oot the wids and soon she's in amongst a group ae girls I dinnae recognise. I look at her as she's walkin, hopin she'll look back and gie me one ae they over-the-shoulder looks. One ae they looks ye see in films, where the girl's sayin tae the guy, *mon then and get me, pal.* But she doesnae.

'D'ye hink she really went wi Francesco?' Sonny asks.

'I hink there's mair chance ae Stirlin Albion winnin the fuckin Champions League.'

The first school bell rings.

'A playoff spot would suit me,' Sonny says.

The path fae the wids is empty noo, which we take as oor signal tae head tae reg class. The red ash scuffs at my trainers as we approach the staff car park.

A red Vauxhall Astra comes intae sight at the far end ae the school. It's Miss Baird, zoomin roond the curves ae the narrow road which goes roond the back ae the school. She parks up at a dodgy angle, gets oot, slams the door shut, then rushes towards the main entrance.

'She seems tense,' Sonny says.

'I wonder why,' I say.

'I meant she was tense cause she's no gettin any sex.'

'Aye, I understood that, pal.'

We're nearly at the fire door ae the music department, when we notice Oliver McFadgen and Oscar Davidson runnin fae the school towards the car park. Two ae the biggest bams in oor year.

Sonny opens the fire door and holds it open for me. The alarm's no worked on it since the renovation.

'Ye comin?' he asks.

I step away fae the door and gesture for Sonny tae follow. Oliver and Oscar huv knelt doon by Miss Baird's car.

We creep up behind them. Oliver is fiddlin wi the lock on the car door, holdin whit looks tae be a screwdriver. Oscar's daein a bad job at keepin a look oot. Auld Mr Lennox is walkin his dug over on the rugby pitch but other than that, the area's deserted. Oliver opens the car door.

'Ye're a genius, Olly,' Oscar says.

'Cheers,' Oliver says. 'It wasnae locked, tae be fair.'

Afore they can uncrouch, I nudge the Oscar wi my toe and they fall intae each other and hit the deck.

'Whit are ye daein?' Oscar says. 'Aw, it's you two. Piss off.'

'Whit are *we* daein?' I ask. 'Whit are youse daein, mair tae the point? Stealin Miss Baird's car?'

They dust themselves doon and stand up.

'Naw,' Oliver says. 'We're gonnae drive it on tae the fitbaw pitch. It's a senior prank.'

'Aye,' Oscar agrees. 'It's a last day ae term prank.'

'But youse two arenae seniors,' Sonny says. 'And it's only the middle ae April.'

'Exactly,' Oliver says. 'Who's gonnae see that comin?'

I cross my arms and Sonny does the same.

'We're no lettin ye,' I say. 'So yeese should just leave it.'

'Jeezo,' Oscar says. 'Why huv youse two got such stauners for Miss Baird? She's a maths teacher, fuck's sake. At least try for a P.E. teacher, they're the dirty yins.'

Meanwhile, Oliver's makes his way roond tae the driver's side and opens the door.

'We're gonnae crack on, lads,' he says. 'We'll try and no scratch it.'

The pair ae them get in the car. I ken it's no the smartest idea, but I run roond the front and stick my hands on the bonnet. Sonny appears at my side a second later.

'Ye'll need tae run us over!' I shout at them through the windscreen.

Sonny whispers tae me.

'Are we really gonnae let oorselves get run over? My mum'll no be happy if I get run over in my gid troosers.'

I look aboot the car park. A security camera sits on the top ae the music department, and another yin is perched at the corner ae the fitbaw pitch.

'We're fine,' I tell him. 'They'll no risk it while they're on camera.'

The engine starts up, and Sonny and me instinctively take oor hands off the bonnet. We both take a step back.

'Let's no dae anyhin stupid, lads,' I say.

Then, just like that, the engine turns back off and both Oliver and Oscar open their doors. As they fall oot the car, a high-pitched screamin fills the air.

✳ TWO ✳

'ARRRRGGHHHH!' yells a voice fae inside the car.

'ARRRRGGHHHH!' Oliver and Oscar shout, joinin us at the bonnet.

They've left the car doors open and the screamin is still ringin oot. The second school bell goes and they blend intae one big, horrible noise.

'Who's that?' Oliver says.

'How would we ken?' I say. 'Somebody check who's inside.'

The three ae us turn tae look at Sonny. His face drops then he slowly steps roond tae one ae the open doors and sticks his heid in.

'Hiya, I'm Sonny. What's your na—'

'EEEEEEEE,' is the response, as the face ae a wee girl appears fae behind the passenger seat. Sonny leans back.

'I hink her name starts wi E,' he says.

One ae the back doors opens. The girl jumps oot and bolts towards the Bluebell Woods. We stand and watch her ladybird bagpack gettin smaller.

'Well, go and get her then,' I say tae Oscar.

There's naebody aroond tae stop her so she'll be oot ae sight soon.

'I'm no chasin after a wee lassie,' he says.

'Aye, she might be dangerous,' Oliver says. 'We're goin tae first period.'

They pat me on the back and run off towards the school. The girl is nearly at the corner ae the fitbaw pitch.

'Right,' I say. 'Come on, Sonny.'

We start runnin, but she's got some head start. Her light-up shoes are blinkin red and green. They remind me ae a primary school disco in a dark gym hall where I angrily stomped tae Party Rock Anthem and wondered why the lassies werenae impressed.

'Come back!' I shout after her.

'Aye,' Sonny says. 'We've got… sweeties… and… stuff like that.'

'Dinnae shout that,' I say, awready feelin a bit oot ae breath. 'We're no child snatchers.'

We turn the corner ae the pitch. She's just passin the end ae the fence, past the wee dip in the path where aw the rainwater gathers.

'You tried tae steal my mum's car,' she shouts back at us.

She ditches her backpack at the side ae the path. We're makin a bit ae groond on her noo. I stoop doon and lift the bag as we're passin it.

'Would ye get back in the car!' I shout.

The man walkin his dug on the rugby pitch looks over.

'What are you two doing?' he shouts.

'Mind yer own business, Mr Lennox,' I tell him. 'Everybody kens ye dinnae pick up yer dug's shite. It's disgustin.'

It's no long afore Mr Lennox is oot ae sight and we're headin doon the Bluebell Woods. The path gets steep and we slow doon. The girl's stopped runnin. She's curled up in a baw halfway intae the wids. Her curly black hair sticks oot fae her crossed arms. I walk up tae her and clear my throat.

'Stand up, please, wee girl?' I ask her. 'This feels like the main story on Reportin Scotland the night.'

'We werenae stealin the car,' Sonny explains. 'We were tryin tae stop it.'

The girl raises her heid and her eyes peer oot. I attempt a smile.

'I'm Billy, by the way,' I say. 'Billy Daughter. And this is Sonny Irvine. Are you Miss Baird's daughter?'

The girl nods and looks at me wi her big Disney eyes. I put doon her ladybird bag by her side. The wids have a fresh smell, like aw the wet mud's finally dried after months ae rain.

'Miss Baird's oor favourite teacher,' Sonny says. 'She's probably mentioned us.'

The girl leans her chin on her crossed arms then tilts it tae one side, inspectin us.

'I'm Tilly,' she says. 'I'm nine and a half.'

'I'm sixteen,' Sonny replies.

Tilly and Sonny both turn tae me, waitin for me tae join in wi the age game.

'I'm eh,' I hink on my fractions. 'Seventeen this month.'

I'm the auldest in the year cause Mum decided tae start me at school a year late. Apparently, some wife on *GMTV* said it was a gid idea for gettin intae uni.

Tilly's no fussed aboot my birthday and moves us on tae another conversation.

'My mum's takin me tae the hospital,' she tells us.

There's a rustle in a bush near us and I shite it, steppin behind Sonny. Tilly giggles at me, and a wee blackbird flies oot the bush.

'Are ye no well?' Sonny asks her.

'I feel fine, but Mum says I've got a fever and maybe there's suhin wrong wi my tonsils. She had tae stop at work first though. I was so scared when they boys came in the car. It looked like youse were helpin them.'

I crouch doon beside her, and Sonny joins me. I keep an eye on the bushes though. Ye get foxes in these wids.

'We're really sorry ye've had a fright,' I say. 'Are we no, Sonny?'

'Aye, really sorry. I hate gettin frights. That's why I like Christmas much mair than Halloween.'

Tilly seems tae accept oor apology, and waddles over closer tae us. She extends an arm tae point at Sonny.

'Whit's that?' she asks.

Sonny touches his hand tae his neck. The charm fae his necklace is danglin on the ootside ae his jumper. He holds it between his thumb and forefinger.

'It's Spot,' he tells her.

'The dog?' she asks.

'Aye. Huv ye read they books?'

'When I was *wee*.'

Sonny sheepishly tucks Spot back under his jumper.

'Are ye no too old for that?' she asks.

'Some folk say ye can never be too old for Spot,' Sonny says, shruggin.

He's been wearin that Spot necklace ever since I've been pals wi him. And he's been gettin slagged for it ever since then tae. I've never seen him actually readin a Spot book though.

'So are ye wantin tae come back up tae the school wi us?' I ask, rememberin that this is a time sensitive matter. 'And ye can explain tae yer mum that we're innocent?'

Tilly sniffles and wipes at her eyes, tears appearin like magic where they hadnae been a few seconds ago.

'Well, maybe,' she says. 'My mum says sugar helps when ye're no feelin well.'

'I thought ye said ye felt fine?'

'I feel different noo.'

Sonny clicks his fingers and reaches intae his pocket.

'Look, Tilly,' he says, producin a bar ae chocolate. 'You can huv my Crunchie.'

'I DINNAE WANT A SHITEY CRUNCHIE,' she proclaims. 'I WANT A RAINBOW SLUSHIE.'

As that statement echoes through the trees, I stand back up, and pull Sonny up wi me.

'She's hustlin us,' I whisper tae him, afore bracin tae speak tae Tilly again. 'And if we got ye one ae them,' I say tae her. 'Then ye'd come back wi us?'

Her face is back tae bein the picture ae innocence.

'Aye. I'm sure I'd feel much better and willnae tell my mum youse chased me intae the scary, dark wids.'

Sonny looks tae the sky.

'But it's bright sunshine?' he says.

'Sometimes I remember hings wrong.'

We take the overgrown path, between the wids and the back ae the Wallace Park hooses. Tilly's oot in front, leadin the way tae the Minimarket. The Co-op's closer but Tilly's informed us they dinnae dae rainbow slushies.

'Folk are gonnae see us,' I say. 'They'll phone the polis.'

'They'll hink we're her uncles or suhin,' Sonny says. 'Takin her for a walk.'

'She's a wee girl, Sonny, no a golden retriever. Tilly, get that oot yer mooth!'

We arrive at the Broomridge Minimarket ten minutes later. A white van sits in the parkin bay, a high vis vest hangin fae the ladder on top. The guy in the driver's seat dozes.

'You wait oot here wi Sonny,' I say.

'Nae chance,' Tilly replies. 'You'll get it wrong.'

She pushes me oot ae the way wi her wee strong hands. She struggles wi the heavy door but manages it open and walks intae the shop. The buzzer *ee oo's* her arrival, and Sonny and me follow.

'I'll be oot in a minute,' a woman shouts fae the back room, the door held open by crates ae Irn-Bru cans.

We wait at the coonter, watchin the slushie machines swirl aw the icey fluids roond and roond. Sonny inspects the sweets behind the glass.

'Twenty-five pence for a Freddo,' he says. 'My brother says they used tae be ten pence.'

'I wouldnae trust anyhin Mike says,' I say.

'Aw, he's proper clever, like. The teachers telt him he didnae even need tae go back for sixth year cause he's so smart.'

'I'm sure that's the reason.'

A wife appears fae the back room and swishes through the narrow aisles ae the shop.

'Ye ken it's meant tae be two school kids at a time,' she calls oot.

She reaches the other side ae the coonter, emptyin bags ae coppers intae the till.

'Whit are yeese wantin?' she asks.

'A rain—' I start, afore Tilly interrupts.

'A *large* rainbow slushie, please. So that's blackcurrant, blue raspberry, lime, lemon, orange and strawberry. D'ye ken whit I mean?'

The woman frowns.

'Whit dae I look like?' she says. 'Some wife that's never made a rainbow slushie afore?'

Tilly sits on the wee grassy hill just roond fae the shop and sooks quietly on the straw ae her slushie. We stand a few feet away, keepin her in eyesight.

'It's nearly ten,' Sonny says.

'I ken,' I say.

'Miss Baird's probably noticed her daughter's missin by noo.'

'Ye'd hope so, tae be fair.'

Oor conversation is stopped by the sight ae a polis car comin doon the Broom Road. It slows at the junction, turns in, and pulls up ootside the Minimarket. Two officers get oot and start walkin towards us.

'I dinnae hink we need tae worry aboot takin her back,' I say, lookin over at Tilly, who sits oblivious.

Sonny spots the polis and seems tae panic. His shoots his hands up in the air.

'Ooooh,' Tilly shouts fae behind us, bangin her feet on the grass. 'Brainfreeze!'

✳ THREE ✳

'Is there any point in asking for an explanation?' Mrs Campbell says.

The polis dropped us back at school. They took Tilly tae find Miss Baird and we were led straight tae the headteacher's office. We've got a bit ae history wi Mrs Campbell.

'Is this a joke?' I say.

'A JOKE?' she replies. 'Pupils abducting children isn't something I find funny. Or were you doing something else with her? I know what your sort like to do.'

'It wasnae like that!' Sonny attempts.

Mrs Campbell stands up and comes roond tae oor side ae the desk, pacin behind us. We keep lookin straight ahead. I'm tensin up in case she smacks me across the back ae the heid.

'We have witnesses confirming it was you two who broke into Miss Baird's car, then chased Tilly Baird off school premises.'

She returns tae her side ae the desk. Instead ae sittin doon, she's starin oot the windae. It's a no bad view. Ye can see the Wallace Monument on a clear day like this.

'This is the last thing I need,' she says tae her reflection. 'Of all the days...'

'We huvnae forgot how ye treated us last year, by the way,' I say. 'We ken ye hate us, and ye're lookin tae pin this on us. But look at the security cameras, it was Oliver and Oscar.'

Mrs Campbell seems tae ignore this comment. She opens her top drawer and takes out a DVD case. She places it on the desk.

'The footage has been checked,' she says. 'And conveniently, none of our cameras could see Miss Baird's car at the time in question.'

'Get them two in here,' I say. 'They must've moved the cameras afore they did it.'

'Both Oliver and Oscar have been spoken to,' she tells us. 'They were very shaken up about the whole thing.'

I picture them goin straight tae Mrs Campbell once they left us, explainin how Sonny and me tried tae steal Miss Baird's car and they tried tae stop it.

'They're lyin,' I say. 'Ask Tilly!'

She puts the DVD back in its drawer and slams it shut.

'I think that young girl has been through quite enough,' she says. 'Chased and harassed and filled full of sugar at this time in the morning.'

'We telt her tae drink it slowly!' Sonny says.

I look at Sonny and shake my heid, tae let him ken this isnae a game we can win.

'Your parents have been notified, Billy,' Mrs Campbell continues. 'And your mother, Sonny. You're not getting out of it this time.'

She pulls herself in close tae the desk. The gold necklace she's got on dangles and scrapes along the wid. She clasps her hands thigether and leans them forward, on tae her name plaque.

'You two will have detention after school every day until the end of term,' she says. 'You will also not participate in any P.E. classes for the rest of term.'

'Aw, whit!' I say.

'Gets us oot ae daein swimmin, tae be fair, Daughter,' says Sonny.

I make eye contact wi Mrs Campbell. She smiles.

'You will not participate in any P.E. classes, *except* for swimming, for the rest of term,' she says.

'Naw, Mrs Campbell,' Sonny says. 'I said we *dinnae* like daein swimmin.'

'That's why she's makin us dae it,' I say.

'Aw, right,' he replies, leanin his hands on the desk 'That's no fair.'

Mrs Campbell pushes a ringbinder across the desk, which whacks intae Sonny's fingers.

'And neither is it fair,' Mrs Campbell says. 'To cause such distress to Miss Baird. Almost an hour you had Tilly. You have mobile phones, don't you? Didn't you think of using them to phone the school and let us know Tilly was safe?'

'I dinnae really like talkin on the phone,' Sonny

answers, tuckin his hands under his oxsters. 'If I could've text ye, I would've. I dinnae huv yer number. Maybe some ae the other boys dae, but no me.'

'He's right, Mrs Campbell,' I say. 'Cannae expect us tae talk on the phone. We're only sixteen.'

Mrs Campbell slams her fist on the desk. Her *Little Miss Sunshine* mug jumps and a few drops ae tea slop over the rim.

'Enough,' she says. 'You're just lucky Miss Baird doesn't want to take this any further with the police. It's meant to be Miss Baird who's taking detention this week, but as she's taking Tilly to the hospital to get her tonsils checked, I'll be taking it tonight. Now get out of my sight.'

I gie her evils as we walk oot the office and intae the admin corridor. The brick walls are covered wi photies ae previous seniors. Boys and lassies flashin fake smiles in white shirts and blue and yellow ties. They sit in rows wi their hands on their knees. The list ae Dux medalists hangs here as well.

'Ye hink oor names might be up there someday?' Sonny asks.

I study the list ae names.

'Naw,' I say. 'We're too smart for that.'

Sonny taps his temple and I dae it back. The door at the far end ae the corridor opens and the creak echoes aw the way doon. It's Miss Baird.

'Miss Baird,' Sonny says. 'We're so sorry.'

'It was Oliver and Oscar,' I say. 'We tried tae stop them. Did Tilly tell ye?'

She walks towards us wi a wee, sad smile on her face.

'Don't worry, boys,' she says. 'I know it wasn't your fault. Thanks for looking after Tilly. Not so sure about the slushie though.'

We laugh. I feel a huge weight come off me that she's no upset wi us. I couldnae handle that.

'Where's Tilly?' Sonny asks.

Miss Baird looks past us, tae Mrs Campbell's door, which is still closed over. Her hands are shakin a wee bit.

'Miss?' I say.

She refocuses her eyes and looks at us, like she'd forgotten we were there.

'Oh,' she says. 'Fine. The nurse is giving her a quick once over.'

'So she'll no need the hospital?'

'No, we're going to the hospital,' she snaps. 'We have to go to the hospital.'

Her eyes are suddenly wide and a few strands ae hair are stuck wi sweat tae her foreheid.

'Is everyhin awright, Miss?' I ask.

Afore she can answer, the headteacher's door opens. The three ae us turn tae see Mrs Campbell appear.

'Boys, I thought I told you to get out of my sight,' she says, crossin her arms. 'Miss Baird, a word, please.'

I push my tongue tae the top ae my mooth tae stop me sayin anyhin stupid. We walk tae the end ae the corridor and Sonny opens the door. I look back tae see Miss Baird goin intae Mrs Campbell's office. Her face is like thunder.

'D'ye mind the last time we were in the admin corridor?' Sonny asks.

'Aye,' I say. 'How could I forget?'

✳ FOUR ✳ ABOOT A YEAR EARLIER

I sat in the English class, flickin through the pages ae my tatty copy ae The Cone Gatherers. Mr Naismith annoonced his entry by slammin the door shut and loudly slurpin coffee.

'How's it that teachers get tae be late tae class?' I whispered tae Niall MacDonald next tae me. 'They're the only yins that dinnae need tae move classrooms.'

'Shh,' Niall replied. 'We shouldn't talk when the teacher's here.'

Mr Naismith chose Oscar Davidson tae hand oot the class jotters.

'Can I help?' Oliver McFadgen asked.

'No,' Mr Naismisth said. 'I'm sure Oscar is more than capable of handing out a few jotters.'

'I wouldnae mind a hand,' Oscar said.

'And I wouldn't mind a raise and students who could read without running their finger along the page, but we make do, don't we?'

Oscar slapped doon the jotters in front ae their owners. There was a burst ae laughter fae the other side ae the room, where Sonny Irvine was sat. I could see him scramblin tae keep the boys aroond him fae seein suhin, hunchin over and slappin their hands away.

'Right then,' Mr Naismith shouted, gettin up fae his desk and makin his way over tae Sonny. 'Must be something bloody hilarious happening over here. What's up, Sonny? Show me.'

Sonny's blonde bob ae hair quivered as he looked up at Mr Naismith and gently shook his heid.

'Come on, son, I'm not joking. Show me what it is, or you'll find yourself in proper bother.'

Sonny released the tight lock he had formed wi his arms and allowed Mr Naismith tae take his jotter off the desk. Mr Naismith inspected it, afore holdin it aloft, for aw the class tae see. The word 'POOF' had been scrawled in big letters across the front ae Sonny's jotter. Maist folk were tryin no tae laugh.

'I want to know who did this,' Mr Naismith said, still holdin up the jotter, while some folk snuck photies on their phones. 'Own up, this isn't funny.'

The eyes ae the classroom looked tae each other, knowin fine well that naebody would ever admit tae it, and naebody would grass either. Sonny Irvine looked ready tae burst intae tears.

That's when I stuck my hand in the air.

'Here, Mr Naismith,' I said. 'Somebody's done the same tae mine.'

Every heid in the room turned tae me. I held up my jotter for them aw tae see. The word 'POOF' written across my jotter tae.

'Anyone else?' Mr Naismith asked the room. 'No? Well, don't ever let this happen again. Right, Sonny, Billy, go and get new jotters from the supply cupboard.'

Sonny got up quickly, probably relieved tae hide for even a few seconds in the supply cupboard. I stayed put.

'Is that it, Mr Naismith?' I asked. 'Are ye no gonnae find oot who done it?'

'I've got a lesson to get on with, Billy. Get a new jotter and we can get cracking.'

'But ye cannae just let that—'

'Billy Daughter, this isn't a debate. You'll do as I say. Now.'

I opened my graffitied jotter tae a fresh page and wrote the date at top left corner. Everybody's eyes were still on me.

'Billy,' Mr Naismith said. 'I've already told you what I want you to do.'

'I heard,' I said. 'But I'm gonnae stick wi this jotter if that's awright.'

Mr Naismith looked ragin and Sonny sat back doon. He took the lid off his pen and started writin in his jotter tae.

'Boys,' Mr Naismith said, clearly aboot tae lose the rag. 'You can't use those jotters anymore. Go and get new ones.'

'Naw, naw,' I said. 'If it's no worth findin oot who did it, then it's no worth replacin them. I'm fine wi my poof jotter. In fact, why do we no write it on everybody's jotter?

Come on,' I looked roond the rest ae the folk in the room. 'Let's aw write poof on oor jotters, shall we?'

'Outside, now,' Mr Naismith said, fists clenched. 'Sonny, if you don't get a new jotter, you can join him.'

Sonny's eyes were red, but he smiled at me as he followed me oot intae the corridor.

Sonny and me sat in the admin corridor. A supply teacher in a poor-fittin suit walked past and gave us a stern look, no even giein us the benefit ae the doot.

'How much trouble dae ye hink we're in, Billy?' Sonny asked me.

'I wouldnae worry, mate. Ye can call me Daughter, by the way. It's just the teachers that call me Billy.'

'Aw, awright. I ken we've never really been pally or whitever.'

'Aye, well, we were in the opposite classes aw through primary.'

I noticed he couldnae keep his knees still and he was jumpin oot his skin every time a door opened.

'Take it this is yer first time gettin sent tae the headteacher's office?'

Sonny nodded.

'My mum's gonnae kill me,' he said.

'Bet yer dad willnae be happy either?'

'Naw,' he said. 'My dad's no aboot.'

I didnae ken how tae respond tae that. Sonny stood up and started pacin. At six foot two, he was taller than maist ae the staff, but he managed tae blend in. I'd been goin tae the same schools as this boy for aboot ten years and never bothered tae properly speak tae him.

'I appreciate it,' he said. 'You writin that on yer jotter. Ye didnae huv tae though. I could've handled it mysel.'

'Mate,' I said. 'I didnae.'

The headteacher's door opened, and Mrs Campbell poked her heid oot.

'In you come, boys.'

Mrs Campbell closed the door behind us. An air conditioner hummed.

'Mr Naismith's told me what happened,' she said. 'And now I need to decide on a fitting punishment.'

'Dae we no get tae tell oor side ae it?' I asked.

'I think I trust Mr Naismith's word over yours, Billy.'

Sonny was lookin doon at his hands on his lap.

'If you have anything to say, Sonny,' Mrs Campbell went on. 'Now would be the time.'

He opened his mooth but nuhin came oot.

'Maybe someday you'll have a thought in that head of yours, Sonny. Now, I'll be phoning your parents soon.'

'Ho,' I said, feelin anger build in my chest. 'Ye cannae say that. I'll tell.'

Mrs Campbell stood up fae her desk and walked roond tae oor side. She perched hersel on the edge and leaned so close tae us I could smell the onions on her breath.

'Don't you EVER speak to me like that,' she spat. 'No one's going to believe a word you say. I can have you kicked out of this school any time I want. And to be quite honest, what was written on your jotters seems…' She paused and a cruel smile appeared on her face. 'Fitting.'

I stood up so fast I felt dizzy. Mrs Campbell slowly rose fae the desk tae stand eye tae eye wi me. The blood was bashin the inside ae my heid. That's when I spotted the security camera in the corner ae the office.

'Cannae wait tae see the video ae this,' I said. 'You'll be sacked.'

She chuckled and her hand reached oot towards her laptop, closed on the desk.

'All the security tapes go straight on to my laptop,' she said. 'And you know how easily little files like that can get deleted.'

Her hand moved fae the laptop tae her desk phone.

'I hope I don't need to tell Mrs Daughter,' she continued. 'That her Billy won't be coming back to Battlefield after the holidays.'

The only soond was the angry air I was snortin oot my nostrils. Then I felt a pull at my sleeve. Sonny was tuggin at me. I locked eyes wi him. He shook his heid, as if tae tell me he didnae hink I could win this yin. I sat back doon.

'That's better,' Mrs Campbell said. 'But before I let you two go, you're going to apologise to me. For wasting my time.'

Sonny took the lead.

'Sorry for wastin yer time, Mrs Campbell,' he said, as he stood up. 'We'll go noo.'

He opened the door and went ootside. I tried tae follow him, but Mrs Campbell rushed in front ae me and blocked the doorway wi her arm. A heavy gold watch dangled fae it.

'Your turn, Billy,' she said.

I couldnae look her in the eye when I said it.

'I'm sorry for wastin yer time.'

She reached oot a thick hand and pinched my cheek.

'Good boy,' she said. 'Run along back to class now.'

I clenched my jaw and walked oot the office. The door slammed shut behind me. Sonny stood, no seemin that angry at aw.

'Are ye no pure ragin, Sonny?'

He smiled at me.

'Even if I am,' he said. 'Whit can I dae aboot it?'

'We shouldnae be daein this,' Sonny whispered. 'If we get caught...'

I checked naebody was watchin, then pulled him intae the admin corridor.

'We willnae get caught,' I telt him. 'In and oot, quick as ye like.'

We marched as fast as we could tae Mrs Campbell's office and I opened my bag. The can ae spray paint shone at the bottom. It hadnae been hard pinchin it fae the cabinet in the D.T. workshop. Sonny was a gid look oot.

'Ye can wait oot in the reception if ye want,' I said.

He shook his heid and boonced around on his feet like he was allergic tae his own skin.

The can made that nice rattly soond as I shoogled it. I pulled the cap off and started my work on Mrs Campbell's door. Black, watery paint sprayed as I put pressure on wi my finger. I did the word as big as I could, in huge swoops and jaggy lines. 'POOF'. I wondered how she would like it.

I stepped back tae take in my work. Drips ae paint were trailin doon tae the flair. I looked at Sonny and he gave me a nervous smile. I couldnae say why, but I tapped my temple tae let him ken we had done the right hing, and he did it back.

'Right,' I said, puttin the can back intae my bag and zippin it up. 'Let's go.'

We were halfway doon the corridor when I heard a toilet flush and a door behind us opened.

'What the...' a voice said.

My hand was on the door tae the reception, but I

looked back tae find Sonny frozen tae the spot halfway doon the corridor. Miss Baird stood at the far end, starin at oor handiwork.

'Miss Baird,' I said, walkin back tae where Sonny stood. 'It wasnae us.'

She crossed her arms and smiled.

'Oh yeah?' she said. 'Then why is there black paint on your temple?'

I looked at my fingertips. The black paint was awready startin tae dry in thick circles.

'We're so sorry,' Sonny said. 'It was aw my idea. Please, dinnae expel us.'

Miss Baird stood in silence for whit felt like a day. She looked up and doon the door, as if she was still takin it aw in. I was awready startin tae plan whit school I could go tae instead when she said,

'Go.'

Sonny and me looked at each other, no sure whit tae dae.

'But,' I started tae say.

'Just go,' she said again. 'I'll deal with this.'

I didnae ken why she was daein it, and it that moment, I didnae care. Sonny jogged towards me and I opened the door for him. Afore I left, I had one last look back at Miss Baird. I swear she was smilin.

✳ FIVE ✳

They're aw cheerin and tryin tae wind us up when Sonny and me walk intae the canteen. Somebody chucks a jotter past my heid. Even the the dinnerladies are smirkin.

'It's Daughter!' somebody shouts. 'Lock up yer weans!'

I gie them aw the finger as we walk towards oor usual table in the corner, next tae the vendin machines. Howarth barely looks up as we sit doon. He's readin the day's *Metro*. It's open at the *Rush Hour Crush*.

'Howarth,' I say. 'Ye need tae stop lookin at that. They shouldnae huv published yer paragraph in the first place.'

'Awright, wankstains,' he greets us. 'It's just a matter ae time, Daughter. He's just shy.'

His eyes are huge behind they specs ae his. I wish he'd gie them a wipe once in a while. I can see the grease on the bridge ae his nose.

'Even I hink it might be time tae gie up,' Sonny says.

Howarth shakes his heid.

'Some support fae my so-called pals,' he says. 'Ye cannae hurry love. Phil Collins said that, and he watched a man die, so he kens whit it's aw aboot. My man's obviously takin his time tae get the reply perfect.'

'Whit did ye write again?' Sonny asks.

Howarth clears his throat and folds the paper.

'*Handsome redhead on the 54A bus, I spilled my Kia-Ora on your rucksack. Let me buy you something stronger sometime? – Sharply-dressed younger man.*'

We nod in silence for a moment.

'Makes ye sound pretty clever, tae be fair,' Sonny says.

'Cheers, Sonny.'

'You didnae write it, did ye?'

'Fuck naw. Annie Carmichael did it for me. Gave her half a bag ae Cadbury Nibbles.'

I pull a couple ae soggy Cheesestrings oot my bag and slide yin across the table tae Sonny. Cheesestrings are either rock solid fae bein in the fridge, or aw floppy fae sittin in my bag for two periods. There's nae happy medium.

'Yer blazer doesnae coont as bein sharply-dressed,' I tell Howarth. 'And is this guy no like forty-year-auld?'

'He's mature, if that's whit ye mean,' he replies.

'Well, he'd get the jail if he was flirtin in the *Metro* wi an underager.'

'How aboot you just eat yer wee playpiece,' Howarth says, unfoldin the paper and goin back for another check. 'And I'll take my chances on my bus sweetheart. Anyway, speakin ae the jail, how are youse two no in the cells the noo? Jamie McNally says ye were holdin Miss Baird's wee girl at knifepoint?'

It's quarter tae four and Mrs Campbell is waitin for us

when we arrive. Detention's in room 208, usually Mr Garrett's biology class. He keeps a pickled lamb in a jar on his desk and we consider him one ae the less weird teachers.

'Come in, boys,' she says, fae behind the desk. 'And sign the register.'

We go in and write oor names on the register, under 'Detendees'. The classroom's empty, and there's dozens ae seats tae choose fae. We head directly tae the furthest away table at the back ae the room. The legs ae the chairs screech as we pull them oot. The poster next tae me tells me the difference between osmosis and diffusion but I dinnae take it in.

'You know,' Mrs Campbell says. 'We're not expecting anyone else. You can sit at the front.'

Sonny makes tae stand up. I get a handful ae his jumper and drag him back doon.

'Quite comfortable here, thank you,' I say.

Mrs Campbell collects some paper and walks tae oor table. She sticks a few sheets ae paper and a pen and pencil doon. Sonny grabs for the pencil.

'Reminds me ae primary school,' he says, sharpening the tip wi his fingernail.

'You will write,' Mrs Campbell says. '*I will not steal teachers' possessions, cars or children*, as many times as will fit on each page. If you run out of paper, put your hand up and I'll supply more. Sonny, go and sit at a different table.'

Sonny moves over a table, and Mrs Campbell goes back tae her desk. She notices Mr Garrett's pickled lamb, bobbin quietly in its jar. Its eyes are closed but the rumour is they open when ye're no lookin. Mrs Campbell finds a tea towel in a drawer and covers it up.

Aboot twenty minutes later, when the cramp's startin tae set intae my hand, Mrs Campbell's phone rings. The *Mission: Impossible* theme tune blasts oot.

'Hello?' she answers. 'Calm down, what's wrong?'

She turns away and whispers, but we can still hear.

'What do you mean you can't do it? Don't you dare…'

She turns back and and gies us daggers. The kind ae look that says, *I'll cut off yer plums if ye dinnae behave while I'm away.* She takes the call ootside. Once she's gone, I let the pen fall fae my withered hand and go and sit at Sonny's table.

'Jesus,' I say. 'This is dire.'

Sonny doesnae seem fussed. He never really seems fussed. It's his best quality.

'It's no that bad,' Sonny says.

I huv a swatch at his lines. On each bit ae paper, he's written *I will not steal teacher's possessions, cars or children*, just once, in huge writin. I smile.

'I swear, sometimes ye're the brightest spark in this school, mate.'

He smiles and his teeth are covered in black dots where he's been tappin the pencil against them.

'But sometimes, maybe no.'

I wander over tae the door and can hear Mrs Campbell, oot at the stairwell, on her phone.

'I knew this would happen,' she says intae the phone. 'I knew you weren't going to have the nerve. Well, guess what? It's already done. There's no stopping it.'

Just then, she seems tae ken she's bein eavesdropped, and turns her heid towards me. I shoot back tae my seat.

She returns tae the classroom a minute later, lookin flustered.

'My son Damien's twenty-two now you know,' she says. 'You'd think he'd be able to do his driving test without chickening out.'

She does a wee forced chuckle. I lift up my bit ae paper and gie her the fingers behind it.

My heid jerks up and I feel warm and dizzy. I must've nodded off. Mrs Campbell is talkin.

'…hand in your work,' she says.

My legs are a bit wobbly as I stand and scoop up the few pages I managed tae get through. Mrs Campbell barely glances at whit we've done as she stashes oor papers and the register in the detention folder. She locks the folder in the desk drawer.

'That's one down,' she says. 'Only about sixty or so to go. Miss Baird will be back tomorrow. There'll be more of your classmates to keep you company, too. Have a wonderful night.'

It's still bright ootside as we leave through the side door just past the canteen. The jannie's finishin a sweep ae the bus turnin circle wi his litterpicker. I take a few deep breaths ae the cool air and open my eyes wide tae waken mysel up. Shattered and it's no even teatime.

'Sixty mair detentions,' I say, stretchin my arms oot and lettin a yawn huv its way wi me.

'I'm no so worried aboot that,' Sonny says. 'It's whit my mum's gonnae say when I get in.'

I hadnae even thought aboot that.

My front door creaks like a cat that's been stepped on when I push it open. I go in and shut it as quietly as I can behind me.

'That'll be the door shut then,' Mum shouts fae the kitchen.

'Mum, I closed it normally! Like, I couldnae huv closed it any softer!'

I take my shoes off and kick them under the radiator, then chuck my schoolbag on the stair. I pull my arms oot my jumper and slowly lift it over my heid, careful no tae mess up my hair.

I walk intae the warm kitchen.

'Suhin smells braw,' I say. 'Whit's for tea?'

Mum doesnae turn aroond.

'*Hiya, Mum*,' she says. '*Did ye huv a nice day, Mum? Did ye find the two dirty plates and four, FOUR, dirty tumblers I left for ye in my room, Mum?*'

I'd forgotten aboot them. I try and keep it tae one plate and two cups at a maximum.

I sit doon. A new set ae flowers sits in the vase in the middle ae the kitchen table. They stick oot at odd angles and tickle my foreheid.

'Did ye huv a nice day, Mum?' I ask her.

'No, I bloody did not,' she says, turnin away fae the cooker and movin the flowers oot the way tae get a direct line ae sight on me. 'I got a phone call this mornin fae Mrs Campbell. She says "*Yer Billy's in trouble*". I says tae her, that cannae be right, my Billy's a gid boy. She says, "*Sorry, Mrs Daughter, but he and his pal Sonny tried tae take a joyride in Miss Baird's car, and then took her wee girl Tilly away withoot tellin anybody.*"'

I lift up the placemat in front ae me and flip it over. The cork underneath feels gid when I run my fingers over it.

'Would it make any difference,' I say. 'If I telt ye we didnae dae it?'

'Are ye callin Mrs Campbell a liar?'

'I'll call her worse than that.'

Through the back door windae, my spare school troosers hang fae the whirligig. They're too long at the bottom and I need tae fold them up when I wear them. They're meant tae dae me when I've grown a bit mair but I hink my growin's done. A crow flaps by my troosers and heads for the fat ball feeder.

'I cannae imagine whit that poor Miss Baird must've been goin through, her daughter goin missin,' she says. 'I thought ye had a sensible heid on yer shoulders, Billy.'

'Mum, I'm… I'm sorry. We were tryin tae fix it. It wasnae us, honest. It was Oliver and Oscar.'

She turns away and opens the oven tae check on whit's inside. Beef olives. I can feel the heat blastin oot ontae my legs afore Mum closes the door back over.

'Sorry,' she repeats, her glasses aw steamed up fae the oven. 'Course ye're sorry. If ye werenae sorry, I'd leave ye ootside the night for the bogeyman. And I dinnae care who started it, ye ken better than tae get involved, Billy.'

She comes tae me and holds my face between her oven gloves. They're scratchy on my cheeks.

'Noo go and see yer dad in the livin room,' she says.

I walk through and hear my dad's voice afore I see him.

'Get up ye jessie, it's a contact sport!'

He's talkin tae the telly. I go intae the livin room and plonk mysel on the couch. Dad's sat in his chair in the middle ae the room.

'Somebody divin, Dad?'

'Aye, some Italian boy.'

I huv a swatch at the screen. The camera's zoomed in on the sweaty face ae the divin lad.

'That's Ross McCormack, dad. He's Scottish.'

'Naw, I meant… somebody else. Anyway, I'm tae huv words wi you.'

I keep my heid doon and examine the livin room flair. The stain fae when my sister Kimberley spilled her Cherry Cola is still there. I hear the squeak ae Dad's wheelchair as he turns tae me.

'Look at me,' he says.

I meet his gaze. His left eye twitches. He's put the volume right doon on the telly though, that's how ye ken he's serious.

'Are ye a fuckin idiot, Billy?'

'Naw, Dad.'

'Why are ye actin like a fuckin idiot then?'

I let my heid fall back doon. There's a loose thread in the rug. I wrap it roond one ae my fingers.

'I'm sorry, Dad.'

'And so ye should be. I ken ye dinnae cut aboot wi dafties, Billy, so ye've naebody tae blame. Who were ye tryin tae impress? Please tell me it was a girl and no that teacher.'

On the telly, a free kick hits the wall. The hame players scream for handbaw. The referee waves it away and plays on.

'I wasnae tryin tae impress anybody,' I say. 'I was tryin tae stop Oliver and Oscar.'

'Billy, I'll no huv ye be a clipe, so dinnae blame anybody else. Ye ken that boy Sonny does whitever you dae.'

I'm no so sure aboot that statement, tae be fair. I support Rangers but Sonny supports Stirling Albion, and I ken he has a wee likin for Celtic as well. I get a short back and sides but Sonny sticks wi his bowl cut.

'Just hink aboot yer actions, Billy. Ye might no be the heid boy or whitever, but I at least thought ye had some common sense.'

We sit, withoot sayin anyhin else, and watch the fitbaw. A cross comes in fae the right wing and the striker smashes it in on the half volley. 1-0 Aston Villa.

'Look who put that baw in, Billy,' Dad says. 'Alan Hutton. Mind him at Rangers?'

I nod and relax a bit. If we're ontae auld Rangers players, I'm guessin the row's over.

Mum comes in, goin through her teatime moisturisin routine. She iways does the bottom ae her heel, like somebody's gonnae see the bottom ae her feet. She puts on the wee lamp in the corner and sits beside me on the couch, legs tucked beneath her.

'Did ye speak tae him?' she says, like I'm no there.

'I did,' Dad says.

'And? Is he groonded?'

'He's got detention every night, hen. That's plenty. Noo, can I no get peace tae watch my programme?'

Mum snorts.

'Yer programme? Ye mean another shitey wee fitbaw game, and it's no even live!' She squints at the corner ae the screen. 'Ast-Bur? Who's Ast-Bur?'

'It's Aston Villa, Burton, hen.'

Mum begins her regular tangent aboot how she wants tae watch *The Chase* on the big screen and Dad brings oot his usual comeback aboot how he's got MS and it's a sin she wants tae take away his one wee pleasure in life. I'm just pleased I've no been groonded on top ae the detention.

✳ SIX ✳

I leave Wishart Drive and it's only a couple ae mintues til I'm in Sonny's street. I ken he'll probably no be up yet so I go tae the park wi the swings at the end ae the close. The slide looks wet as I step over the wee ledge and on tae the bark. Probably the young team pishin doon it again.

I text Sonny:

Awright Sonshine. I'm at the Kamikaze Park, skip yer mornin chug please.

I take a seat on a swing and look aboot. Shona McPhee fae the year above is daein her paper roond. Her bright orange bike helmet looks heavy enough tae topple her over. She finishes the last hoose on Maurice Avenue and walks over tae me.

'Mornin Daughter,' she says.

'Mornin Shona. How goes yer roond?'

'No bad. Mrs Cray died last week so I dinnae need tae go across the railway lines wi her *Financial Times* anymair.'

'Well, that's gid.'

We nod thigether and I kick at some bark.

'Ye wantin a paper?' she asks.

'Aye, go on. Anyhin decent left?'

She rummages through her dirty bag, the bright yellow noo a grubby green.

'*The Sun?*' she offers.

'Get that dumped in the wids.'

'*The Times?*'

'I've no got a PhD.'

'*The Star?*'

'I've got the internet for that, Shona.'

She digs deeper intae her bag.

'It'll need tae be a *Stirling News* then.'

I take the damp paper fae her and instantly feel the ink leak intae my fingers. The headline says:

POLICE TREATING CARE HOME DEATH AS SUSPICIOUS

'Old man dies,' I say. 'Front page news in Stirlin.'

'I heard that guy was rich,' Shona says.

'How rich?'

'My maw says he paid his TV licence.'

Shona adjusts her helmet and walks off in the direction ae Keith Avenue.

'Where's yer bike?' I shout after her.

She doesnae turn aroond as she replies.

'My gran got me the helmet for my birthday. I'm

gettin the bike for Christmas.'

Wi Shona away, the street's empty bar me. Ye can see the main road through the gates ae the park, but there's barely any cars aboot yet. I turn tae the back page ae the paper.

BINOS LOOK SET TO MISS OUT ON PLAY-OFF SPOT

A nearby door slams. I look up and Sonny's hoppin doon his front steps and walkin towards me. I slip the paper intae my bag.

'Did ye go tae the Albion game last night?' I ask him.

'I dinnae want tae talk aboot it,' he says.

I try no tae smile as I join him on the pavement, and we walk in the direction ae the high school.

'Did ye ask oot that guy that sits next tae ye yet?' I say. 'It's Jack, is it no?'

Sonny shakes his heid and jangles coins thigether in his trooser pocket.

'No yet,' he says. 'Whit if he says naw? I'd need tae move my season ticket for next year. Cannae huv that.'

Mr Capaldi's Geography room is iways roastin. I'm sat next tae Howarth, who's basically drippin sweat on tae his Richter scale graph. He puts his hand up.

'Can we no open a windae, Mr Capaldi?'

Mr Capaldi likes tae huv the radiators on full blast nae matter whit month it is.

'Michael Howarth,' he responds, scratchin at his thick moustache. 'This is my classroom, and I will decide the temperature. One day, you might have your own classroom, and on that unlikely day, you will be able to choose how hot or cold *you* like it.'

'Aye, but Mr Capaldi,' I say. 'It's hotter than Gandhi's greenhoose in here.'

'That will be enough from the two of you, chuckleheads.'

Mr Capaldi goes back tae whitever he's daein on his computer. He does that auld person hing where he looks at the mouse afore he clicks it. Like it might've moved oot his hand.

I walk tae the front ae the room and huv a rake through the coloured pencil tray. I need a gid colour scheme for my graph.

'Would you hurry up, Billy,' Mr Capaldi says.

'I'm tryin tae find a couple that actually huv lead in them. This is like the tray that time forgot. Look,' I say, pickin up an object fae the mulch. 'I dinnae even ken whit this is. Could be a rubber, could be a Sports Mixture.'

'Get rid of it then. And try not to abduct any children

on your way to the bin.'

The class heard that. They're aw fuckin killin themselves. Even Mr Capaldi's got a wee grin. Teachers make like one gid joke a year and that was his, tae slag me rotten.

'Fair enough, Mr Capaldi,' I say, chuckin the hing back in the tray.

Blue and yellow make a gid contrast. I take my pencils and go back tae my seat. Howarth's brought oot his fancy pencil sharpener that he doesnae like other folk usin. I pinch it and get my pencils sharp enough tae stab somebody, then I sweep the shavins over tae Howarth's side ae the desk.

'Oh aye, very gid,' Howarth says. 'Why'd ye no sharpen yer pencils at the bin like a normal human?'

I look over tae the side ae the room where the bin is. Genevieve's desk is right next tae it. She's gossipin away wi Lauren Banks. Talkin tae Genevieve on her own is stressful enough, tryin tae talk tae her when she's wi a pal is like a suicide mission. Anyhin ye say, they look at each other like ye're a weirdo and laugh. *Awright Genevieve.* Cue laugh. *Just sharpenin my pencils.* Mair laughs. *Foond oot I've got two months tae live.* Funniest hing they've ever heard.

'Oh, I see,' Howarth says. 'Too shy tae go over there in case Genny starts chattin ye up. Ye're needin tae man up, Daughter.'

'Firstly, dinnae tell folk tae man up,' I say. 'That doesnae help anybody. Ye better no be sayin that tae Sonny.'

'Jeezo, calm doon, Mr Woke.'

'Secondly, this comin fae the boy that's writin tae the paper tae try and get a date.'

Howarth rotates his graph so he can colour the other end.

'Different folk need different approaches, my son. My guy's a classy bloke, a *man,* and he needs a slow approach. Genny, on the other hand, she just wants ye tae get stuck in aboot it like a seagull eatin beetroot.'

'Whit's that meant tae mean? That Genny's no classy?'

We look over at Genevieve. She's makin the wanker gesture behind Mr Capaldi's back. He turns aroond and she gets back tae colourin her graph afore he sees.

'Whit I'm sayin is, ye could enter Genny in Cruft's and she wouldnae place.'

I take Howarth's sharpener and throw it up ontae the huge ledge that sits under the sloped, single glazed windaes. It lands in aw the stoor and dust and deid flies that couldnae get back oot.

'How come she gets nuhin but A's in every class then?' I ask Howarth.

Afore he can answer, his phone vibrates. He takes it oot his pocket and reads the message.

'Oh, ya dancer,' he says. 'Fight after school.'

'Who's fightin?'

'Gavin Gilmore.'

'And who else?'

'Some guy fae Canmore High apparently. Rennie says they're fightin over a girl fae Plean they both met at Sammi Lafferty's gaff last weekend.'

Howarth taps at his phone at some speed, probably spreadin the word tae aw his sources. These fights never actually happen, but it gies ye a wee bit ae excitement tae get ye through the day.

'How come Sonny and me didnae get an invite?' I ask Howath.

He's typin away and doesnae pay me much attention.

'Invite tae whit?'

'Sammi Lafferty's empty.'

'Would ye huv went?'

'Naw.'

'Well, whit ye moanin for then?'

Genevieve and Lauren huv pulled oot their phones tae. The buzz aboot the fight is spreadin. It'll hopefully make the Tilly Baird situation auld news.

'Bet there's no even a fight,' I say. 'That Rennie talks some shite.'

Howarth leans forward and taps Imran Rashid on the shoulder.

'You heard aboot the fight?' Howarth asks.

'Yeah, mate,' Imran answers. 'Gavin and some Canmore High geezer. Rugby pitch next to the Bluebells.'

Howarth looks smug.

'Ye hink it'll definitely happen?'

'Course,' Imran says. 'Rennie might not know his left from right, but he's the first to know when a fight's on.'

Imran turns back roond.

'Ye comin then?' Howarth asks me.

'Fine. Must be the first time anyone's ever fought over somebody fae Plean. Wait, shite, Sonny and me huv detention.'

I finish colourin the bar that shows the rainfall in Scotland in February 2006, then text Sonny:

Sondog Millionaire, fancy skippin detention the night? I'm sure missin one wouldnae matter. Gavin Gilmore fightin some guy at the rugby pitch.

The best way tae colour yer chart is tae go roond the ootside lines first. Then ye colour in the middle after. Means ye dinnae go ootside the lines.

Sonny's reply comes a minute later:

Fiona Matthews telt me aboot the fight. We shouldnae miss detention though, dinnae want to get in even mair trouble.

On the one hand, I can see his point. On the other, he'd never huv any fun if it wasnae for me. I text him back:

We've awready got detention every day for the rest

ae term, what else can they dae?!

Sonny's reply is quicker this time.

I'd rather just go tae detention...

Luckily, I huv Fiona Matthews number fae when we we had tae dae a presentation in Physics thigether. I text her:

Awright Fiona, goanie convince Sonny tae go tae the fight after school? For auld times' sakes. Mind oor energy presentation? Smashed it.

Oor presentation was pretty shite, if I remember right. She made me dae aw the talkin and just held up drawins she did ae wee electrons wi sunglasses on.

Fiona responds wi a winky face, and Sonny's text comes in aboot five minutes later:

Fine then! We'll skip it. Did you tell Fiona to call me a shitebag?

✳ SEVEN ✳

There's hunners ae folk headin tae the rugby pitch after the last bell goes. It's the best place for a fight, since it's no technically on school groonds. Plenty ae folk walk hame this way, past the pitch and through the Bluebells, so it doesnae arouse suspicion.

I find Sonny ootside the fire exit ae the music department.

'I'm no happy aboot this,' he says.

'I'm no yer mum,' I reply. 'Ye can go back inside if ye want.'

Sonny puts his hands in his pockets and kicks at a stain.

'Well I'm no gonnae go withoot ye, am I?'

We make the wee walk tae the rugby pitch, where half the school stands in a big circle waitin for the fighters tae turn up. The pitch is on a slope so the folk nearest the posts huv the best view. I guide Sonny there and see Howarth has climbed the posts tae sit on the crossbar.

'Awright ye bellends,' says Howarth doon tae us. 'Nae detention then?'

'Dae we huv detention?' I say, winkin at Sonny. 'Aw, Sonny, we've completely forgot tae go tae detention. Silly us.'

'Naw, I didnae forget,' Sonny says. 'You said we should skip it for the fight.'

Sonny shimmies himsel up the pole as if he's the Scottish Peter Parker and takes a seat on the crossbar wi Howarth.

'Ye comin up, Daughter?'

I lean against the post.

'Fine here,' I say.

'You cannae climb up, can ye?' Howarth says.

'I just dinnae want tae.'

Howarth swings his foot and kicks me in the shoulder. A few blades ae grass come off his shoe and I brush them off my jumper.

'Get up here, ye blouse.'

'Leave him,' Sonny says. 'He's scared ae heights.'

I turn tae face the pair ae them and I've got my hands on my hips. I didnae even mean tae stand like this but I've went for it noo.

'Cheers for that, Sonny,' I say. 'Jesus, Edward Snowden keeps a better secret than you.'

Howarth is laughin and pulls oot his phone. I dinnae ken how he sits up there and balances while both his hands are on the phone.

'Ye're no textin folk tellin them aboot me bein scared ae heights, are ye?'

I'm trying tae see the reflection ae the phone in his specs.

'Aye, Daughter,' he says. 'I've got nuhin better tae dae wi my time than gossip aboot Billy Daughter and his wobbly knees. Sit doon and shut up.'

The crowd's thicker noo. Everybody's gettin their Snapchat and Insta stories open and liftin their phones high above their heids tae get a gid view. I tiptoe but I cannae see much ae the centre circle.

'Whit can ye see fae up there?' I ask Sonny.

He does a wee sweep ae the area.

'Looks like there's a fox over at the cricket club,' Sonny says. 'Might be a big cat though.'

I'm startin tae hink maybe detention wasnae such a bad idea after aw.

'Here, Howarth,' I say. 'Go and text aroond and see if Gavin's gonnae turn up.'

Howarth fingers are goin a mile a minute.

'I'm awready on it. Could be a spanner in the works though. Apparently, Gavin's been given detention.'

The news seems tae huv reached a few other pockets ae the crowd. There's groans and some folk on the ootskirts ae the main group start tae peel away.

'Whit for?' I ask.

'Farted in class,' Howarth answers.

'Fuck off. Ye cannae get detention for that.'

'Wouldnae surprise me. Everybody's been given detention the day. Natalie Dyer's in there right noo for openin a windae withoot permission. Mrs Campbell's been goin roond classrooms personally handin oot detention slips.'

Howarth jumps doon next tae me. The grass is patchy at this bit, fae folk usin the rugby posts as fitbaw goals when the artificial pitch is locked. Sonny jumps after him.

'Let's investigate,' Howarth says.

Howarth doesnae huv any hesistation aboot bargin a path through the bodies. Sonny and me follow him, giein wee nods ae apology at the folk Howarth is pushin aside. The smell ae the grass is everywhere, folk's feet shufflin and waftin it aboot.

As we're comin up tae the front row ae the circle, I see Genevieve. Then I spot my shoelace is a bit loose. I bend doon tae tie it.

'Whit's the story, mornin glory?' I hear Howarth ask her.

'Gavin's got detention,' she says.

'That's whit I heard tae.'

'So, whit noo?'

'Here, I'll take care ae it,' Howarth says, steppin past Genevieve and intae the empty inner circle. My shoelace is sorted noo so I step forward, a few folk doon fae Genevieve.

'Bad news folks,' Howarth proclaims tae the crowd. 'Gavin's got detention so he'll no make it. Where's the Canmore High guy?'

We aw turn tae each other, lookin for a face we dinnae recognise. There's whispers but naebody comes forward.

'So neither ae the pair ae them's turnt up,' Howarth says. 'But oor man's got an excuse, so Canmore High folk continue tae be the biggest shitebags aroond.'

There's a big cheer fae the crowd.

'Whit aboot Bruce High folk?' somebody shouts.

We're aw waitin in silence for Howarth's judgement. He spins and points at the boy who asked the question.

'They're wankers tae!'

Another series ae whoopin and clappin.

'Whit aboot St Drostan's folk?' a voice shouts fae somewhere far back.

Howarth's face drops at this ootburst.

'Right, who shouted that?' he asks. 'My cousin goes tae St Drostan's so I'll no huv that.'

The crowd huv lost interest noo, and maist folk break away and start headin their separate ways. As they disperse, I notice a couple ae teachers at the very back, Mr Aitken and Mrs Ashcroft, who make quick exits back tae the school.

'Another classic after school bout where naebody turns up,' I say tae Sonny. 'I dinnae hink we'd ken whit tae dae if a fight actually did happen.'

I gie him a nudge in the ribs and we head off across the field towards Elgin Drive. Better no turnin up for detention at aw rather than bein twenty minutes late.

The sun's oot for a nice change. It makes the trees in the Blubells look just aboot green. I check my phone as we walk and see a new Whatsapp message. I usually stick tae textin. I dinnae like this business where it shows the other person when ye've read their message. Sonny and me used tae use it, but he would get upset if I was online and no messagin back right away.

The message is fae Jamie Anderson, who's been off this week wi a chest infection. It says:

Scared of heights hahahahahaha you fuckin lassie!!

'I'm gonnae kill Howarth,' I say tae Sonny.

But I realise Sonny's no next tae me, he's stopped about ten yards back. I walk back tae him.

'I ken he was textin folk about me, look.'

Sonny doesnae look at my phone, cause he's too busy lookin at his own.

'Look whit Gavin Gilmore just tweeted,' he says.

I put my phone away and huv a swatch ae Sonny's. His Twitter feed is maistly GIFS ae cats. The only non-cat GIF is a tweet fae Gavin Gilmore, posted two mintues ago:

OMFG CANNAE BELIEVE WHIT JUST HAPPENED IN MISS BAIRD'S DETENTION
#unbelievablejeff
#dramaofthecentury

✳ EIGHT ✳

The next mornin, I walk up tae the Minimarket and spot Sonny inside, standin in front ae the juice fridge. I step inside and the door does its usual *ee oo*.

'Back ootside,' says the wife behind the coonter. 'Already two in.'

'I need tae tell my pal somethin but,' I plead wi her.

'Ye brought the polis last time! Oot!'

I step back ootside. Ye cannae really argue wi yer local shop in case ye get barred. The Minimarket's "*two schoolkids at a time*" policy only applies tae first tae fourth years, anyway. Next year I'll be a fifth year and I can walk right past the snotty beaks in the queue. But for noo I stand wi the rest ae the plebs and wait for Sonny.

I sense her afore I see her. Genevieve, in her demin jacket, the light blue yin wi the white fur linin, glides roond the corner. She takes the shortcut over the hill towards me.

'Mornin, Daughter,' she says, takin a hand oot her pocket tae push open the shop door.

'Hiya, Genevieve,' I say. 'Ye cannae go in.'

She's got a confused smile.

'Naw?' she asks.

'Sorry, I just meant, there's two in awready.'

She has a wee look roond the door.

'It's Margaret that's servin,' she says. 'She likes me.'

And wi that she *ee oo's* intae the shop and I can see through the windae this Margaret greets her wi a big smile. Fuckin Margaret. She'd like me tae if she got tae ken me.

Ee oo. Sonny comes oot the shop, Bounty in one hand, bottle ae Lilt in the other.

'Are ye away on yer holidays?' I ask him.

'How?'

'Lilt and a Bounty? They're summer puchases. It's only April.'

I see some ae the younger yins in the queue lookin at Sonny and me. I definitely get mair snide looks when I'm wi Sonny. Or maybe I'm just mair aware ae it. I would say suhin, but Sonny prefers me tae leave it.

'How long d'ye hink it'll be afore we get pulled up for skippin detention last night?' Sonny asks.

'No long, probably.'

We start up Broom Road, no in any kind ae hurry. The school sits at the top ae the hill, loomin over everythin. It's iways in eyesight, remindin ye it's there, puttin a dampener on yer Sunday nights.

'Here, did Gavin tweet anyhin else last night?' I ask Sonny.

'Naw, it was just that one aboot detention. I'll get it up.'

He pulls oot his phone and brings up Twitter.

'Wonder whit happened,' I say. 'He's probably bammin us up.'

Sonny's thumb scrolls and scrolls.

'It's no there,' he says.

'Whit's no there?'

'Gavin's tweet.'

'Where's it went?'

'He must've deleted it. Look,' Sonny shows me Gavin's profile. 'It says his last tweet was yesterday mornin. The detention tweet was four o'clock last night.'

Genevieve appears fae behind us and sticks her face between oors. Her cheeks are warm and she's eatin a Peperami. I cannae stand that fake, meaty smell it has, but it doesnae put me off her.

'Whit are we lookin at?' she asks.

I cover the phone and push it back towards Sonny.

'Nuhin.'

'Ye're a touchy wee git, aren't ye?' Genevieve says, smilin. 'Nae wonder ye're afraid ae heights.'

Sonny lets oot a laugh but has the decency tae look sorry aboot it.

'Aye, very gid, Sonny,' I say. 'The hale school kens noo.'

Genevieve takes another bite ae her Peperami.

'Would it make ye feel better,' Genevieve goes on. 'If I telt ye somethin I'm scared ae?'

I stick my hands in my pockets, playin it cool.

'If ye must.'

We've stopped walkin noo. Genevieve looks aroond tae check naebody's listenin in.

'Ye see when I go tae Tesco's wi my mum,' she whispers. 'And I stay in the car while she goes in for a loaf? I'm afraid that a couple ae schoolboys might jump in the car and try and abduct me.'

Genevieve giggles away but Sonny and me dinnae. I dinnae hink Sonny got it though.

'Speakin of,' Genevieve says. 'After school last night I went tae my dad's for tea. Miss Baird drove past me on the Bannockburn Road. She had tears pure streamin doon her face. Wonder whit that was aboot, eh?'

Sonny and me look at each other. I knew we should've went tae detention last night. I cannae believe Howarth convinced me there was gonnae be a fight.

Genevieve's face drops aw ae a sudden.

'Shite,' she says. 'Sonny, could I borrow yer jumper? It's an emergency.'

Quick as a flash, Sonny's whipped off his jumper and handed it tae her. She wraps it aroond her waist.

'Whit's aw this?' I say. 'Ye cannae demand his jumper like that. Just cause ye forgot yer own!'

'It's fine,' Sonny says.

'Naw, it's no fair. And ye're no even wearin it properly. Ye cannae just demand hings cause ye're a lassie.'

Sonny and her look at each other and laugh like I'm

a wee daft boy.

'Whit's the joke?'

'Daughter,' she says. 'I hink ye're old enough tae ken noo. Sometimes when a woman is on her period, she bleeds quite a lot. And sometimes she bleeds so much it goes through her pad. And sometimes nice gents like Sonny here let these women borrow their jumpers tae wrap roond their waist so folk dinnae see the stain.'

The blood rushes tae my cheeks and there's nae point tryin tae pretend I'm no embarrassed.

'Aw,' I manage. 'Sorry.'

She winks then takes off up the hill on her tod. We wait aboot twenty seconds then start walkin oorselves.

'Cannae stand that girl sometimes, by the way,' I tell Sonny.

'I've heard that afore,' he says.

'Naw, but she really does my box in.'

'This is the same Genevieve ye bought a personalised calculator for at Christmas in primary six and cried when she didnae get ye anyhin back?'

Genevieve continues up the Broom Road while we take a left for the shortcut through the field. Six weeks worth ae pocket money wasted on that bloody calculator. I never once saw her use it.

'I telt ye that in confidence,' I say. 'Anyway, Miss Baird was cryin on her way hame last night. Come on, I want tae find Gavin afore reg.'

We go tae the water fountain in the corridor next tae the canteen. The usual group is assembled: Cammy Reid, James McElroy, David Warner, Big Spoon, Wee Tuftie, Gadge. Naebody's used the water fountain since Gadge posted on Facebook that he'd pished in it, so this corridor's iways quiet. The fire exit at this end doesnae get used much either, so it's aw darkness and brick walls.

They spot us comin. David Warner steps forward.

'I thought I smelt poof in the air.'

Sonny grabs my arm and tries tae turn me away, but I brush him off.

'We're lookin for Gavin,' I say. 'Youse seen him?'

David sooks Rainbow Drops dust off his fingers.

'Like we'd tell youse, ye pair ae rentboys.'

Sonny's awready backed away and I dinnae blame him really. No fair tae ask him tae listen tae this.

'Right, we get it,' I say. 'We're gay. Gid yin. Noo, I'd appreciate it if one ae you bellends answered. David, try rubbin the couple ae brain cells ye've got thigether and it might spark suhin?'

David steps forward as if he's gonnae square up tae me, but Cammy Reid whistles loud enough tae wake the deid. David scrunches up his sweetie wrapper and throws it at me, then steps back against the wall. Cammy's basically the leader ae these lads, and he's sound maist ae the time.

'He's phoned in sick,' Cammy says. 'Says he's got a stomach bug.'

'Is that right?'

Cammy snorts a laugh.

'He's doggin if ye ask me. He was fine yesterday.'

'Cheers, Cammy. The rest ae yeese can fuck yerselves.'

I turn my back on them and walk towards Sonny. The squeaks ae trainers tell me a few ae them are followin me but I ken they're just tryin tae impress Cammy. The same way they shout *get yer tits oot for the lads* at passin girls but would probably faint if they ever saw a pair.

✳ NINE ✳

Double Maths for first two periods. Everybody else hates it, but I'm plannin on daein maths at uni so I cannae complain. Miss Baird's some teacher. When she says tae ye, *I believe in you, Billy*, it makes ye feel like ye could actually dae suhin wi yersel. Suhin proper. Suhin tae make folk hink "*oaft fair play, he proved us aw wrong*". But, then again, probably no.

We pass by the other half ae the year in the maths corridor. They've got Mr Edwards. He doesnae let them in the classroom til he arrives so they're aw stood there, faces trippin them.

'Imagine bein in Evil Edwards' class,' I say tae Sonny. 'Ye'd stick yer heid in the oven.'

'I never understood that,' says Sonny, as we go intae Miss Baird's room and take oor seats. 'Why ye'd kill yersel like that. Makin yer heid so hot that ye die? That's the sairest way I can imagine daein it.'

The chatter ae the classroom dies as soon as Mrs Campbell sweeps intae the room. The headteacher makin an appearance durin a regular class is a sure sign suhin's wrong.

'Morning, class,' she says, puttin doon her handbag and folders on Miss Baird's desk.

'Whit's she daein here?' I whisper tae Sonny. 'Keep yer heid doon. She'll ken we didnae show up last night.'

She's awready turnin on the interactive whiteboard and writin oot equations for us tae dae.

'Miss Baird won't be joining us today,' Mrs Campbell says. 'I'll be filling in for the time being.'

We're aw lookin at each other like "*whit did we dae tae deserve this?*" I realise it's up tae me tae be Billy Big Bollocks and ask the question.

'Will she be back the morra?'

Mrs Campbell sighs and stops in the middle ae an equation. She turns roond and stares me doon.

'Billy Daughter, that is for me to know and you to find out. Now that is the first and last question I will answer about Miss Baird. Get started on these equations, please.'

We start on the equations and I make sure my arm isnae blockin Sonny's view ae my answers.

'At least she doesnae seem fussed aboot us missin detention,' Sonny says.

Howarth's face is hidden behind his *Metro*. We join him at the table. The canteen's quieter than usual. Moira's Roll Shop in Hill Park does doublers for £2 on Fridays, that's probably got suhin tae dae wi it.

'Howarth,' I say. 'D'you huv Gavin Gilmore's number?'

He doesnae lower his paper and aw we see is the top

halves ae his fingers curled roond the side ae the pages.

'Daughter, I never thought I'd say this,' he says. 'But I hink you can dae better than Gavin Gilmore.'

'Hilarious.'

'Naw, I'm no jokin. I really hink ye can dae better.'

Sonny takes oot a snack size bag ae Iced Gems. He only eats the gem and leaves the biscuit bases in the bag.

'Ye got his number or no?' I ask again.

Howarth drops the paper and looks through his phone, and it's no long afore my phone vibrates wi Gavin's contact details arrivin.

'Dinnae say ye got it fae me,' he says.

'How?'

'Well, I dinnae ken whit ye're gonnae text him. Could be sendin him wee piccies ae yer tadger for aw I ken.'

'I hink that's unlikely.'

Howarth licks a finger and turns the page ae his paper.

'Aye, I ken. A camera is yet tae be invented that could find a microscopic target like that.'

I carefully construct my openin text tae Gavin:

Awright Gavin, Billy Daughter here. You were in detention last night, aye?

A few minutes go by wi nae response. I consider addin Gavin on Facebook, but once he's telt me aboot whit happened in detention, I'll need tae see him postin photies ae him and the other neds wi their half bottles ae Buckie.

'You sure this is the right number, Howarth?' I ask.

'Jesus, gie him time. He's sick, mind. He'll be in his bed.'

'Or wankin,' Sonny suggests.

'Or wankin, quite right, Sonny. It's no right tae interrupt somebody durin a wank sesh.'

Howarth pushes his glasses up and goes back tae his *Metro*. I see Genevieve at a nearby table. She turns her heid towards me. I shite it and look away.

It's no Miss Baird or Mrs Campbell when we get tae detention. Instead, it's Mr Garrett, the Biology teacher whose room it actually is. And there's naebody but Sonny and me, like the last time. We sit doon and get on wi oor lines.

'Mr Garrett,' I say, raisin my hand.

'It's not a question about my pickled lamb, is it?' Mr Garrett replies.

'Naw, naw. I just wondered if you knew why Miss Baird was off the day?'

Mr Garrett doesnae look up fae his markin. His thick felt tip marker's been squeakin off the page since we got here. A rapid *squeak squeak* is a tick, and a slower, *squeak squeak*, that's a cross. The teacher's arenae meant tae put crosses, they're meant tae put dots, but Mr Garrett

69

doesnae exactly play by aw the rules.

'I don't have a clue, young man,' he says. 'You know what these maths teachers are like.'

'Like whit?'

'Any excuse for a day off.'

Sonny and me laugh.

'Is that right?'

'The only ones worse are the English teachers,' Mr Garrett goes on. 'They'd sell their first born for a bank holiday Monday.'

Me, Mum and Dad sit in the livin room, bellies oot and digestin whit was the best tea ae the month so far. The tiniest wee bit ae spice Mum puts in the steak pie, that's the trick.

My phone vibrates. It's stuck doon between two cushions ae the couch so the whole couch shakes. My dad tuts as if me gettin a text has put him off the fitbaw. A response fae Gavin Gilmore:

Happenin. Aye, I was there.

I text him back, while Mum's tryin tae convince Dad tae turn back over for the second Corrie ae the night:

I thought ye were. Sonny showed me whit ye tweeted yesterday. Whit happened?

'This is end tae end stuff, I'll tell ye,' Dad says.

'It's nil-nil, Andrew,' Mum says.

'It's no iways aboot the goals, Alison.'

'Get it turnt back over.'

'One Corrie's plenty for a night!'

Afore I ken whit's happened, Dad's put the telly off and the lamp in the corner tae. We're sat here in darkness.

'That'll be that, then,' Mum says. 'Are we practisin for the Blitz?'

I leave them tae it and head up the stair tae get ready for bed. I pass by Kimberley's empty room and peek in. Her bed looks comfy as. Mum insists on changin her beddin every fortnight even when she's away at uni. I mind when there used tae be *One Direction* posters on these walls. She stripped them aw bare when she came hame last Christmas. No huvin posters is the new huvin posters, she said.

I go tae the bathroom and inspect my spots in the mirror. I try tae pop one at my temple but it doesnae pop properly. That'll swell up and I'll huv another go at it in the mornin.

Gavin's reply comes in while I'm brushin my teeth:

Nuhin happened. Dinnae text me again.

✳ TEN ✳

I peer roond the corner ae the canteen intae the corridor. Gavin's turned up the day. I can see him standin wi the rest ae them. Sonny's no joined me this mornin. Aboot once a week he doesnae walk up wi me. Every time I ask him why he gets nervous, so I just leave it.

I walk straight up tae Cammy's lot. The reception is aboot whit I expected. Only Cammy gies me a wee raise ae his eyebrows.

'Aw whit are *you* wantin?' Gavin says.

'Mornin lads,' I say. 'Two days in a row meetin like this. Come on, Gav, tell me whit happened.'

'I telt ye naw awready. Away and winch yer boyfriend Sonny.'

'Whit's the big secret?'

Gavin looks over at Cammy.

'He wants tae ken whit happened at detention the other night, Cammy.'

Cammy chuckles and scratches at a spot on his chin. I didnae even hink aboot the rest ae the boys bein at detention.

'Jeezo,' Cammy says. 'I thought it was suhin serious, ye dicks. Daughter, nuhin happened, honest.'

I would usually trust Cammy but there's suhin strange

aboot this hale situation. Then Cammy snaps his fingers.

'Aw, wait,' he says. 'Dae ye mean whit Noah did? He did a big grog intae Scott's mix-up while he wasnae lookin, and Scott ate a flyin saucer oot ae it, aw covered in slevers.'

A few ae the boys look at each other, as if they're hearin this story for the first time, then they aw start noddin along. The bell for first period goes but naebody makes any moves tae go tae class.

'Aye,' I say. 'That would've been unbelievable, right enough.'

'Noo piss off, Daughter,' Gavin says.

Cammy shrugs as if tae end the conversation and he goes back tae inspectin his spot. I walk away but I can hear them talkin aboot me. I mind when I used tae care whit they thought, when I used tae stand wi them at break and lunch. The dark days.

I dinnae see Sonny til break. He's awready at the table wi Howarth. Behind the lunchladies, the weekly barrels ae processed meat are gettin delivered in the kitchen. Howarth said he saw yin wi a *"Danger: Hazard"* sign once. But then Howarth claims he was an extra in *World War Z.*

'Were ye late this mornin?' I ask Sonny.

'Aye,' he says. 'Didnae get in til first period.'

He brushes the hair oot his eyes. I've iways telt him he should get doon the Turkish barber's on Friars Street and get a one aw over. He says he's got a weird shaped heid under aw that blonde hair.

'Gavin wouldnae tell me whit happened,' I say. 'And Miss Baird's no in the day either. I'm sure suhin happened at that detention. Suhin big enough that Miss Baird's no wantin tae come back. Or no allowed back.'

'Like whit?' Howarth chimes in. 'She was caught munchin the face off Mr Garrett? Fair play, that'd be some story tae uncover.'

'Naw, she was cryin on her way hame cause ae it.'

'So would you be if Mr Garrett munched the face off ye.'

Sometimes I wonder whit I did tae deserve Howarth sittin wi us every day. I dinnae even remember invitin him. One day, he was just there. Like a wee lost puppy that got left on oor front step.

'Howarth, this is a serious matter,' I say. 'For mature folk. So stop bein a fuckin cocknose and gie us one ae yer rainbow laces.'

Last period ae the day is English wi Mrs Ashcroft. Mr Naismith left last summer and naebody misses him. We can barely keep oor eyes open, never mind understand Shakespeare.

'How about we get into two teams to discuss the play?' Mrs Ashcroft suggests. 'One team can be the Montagues, and the other team can be the Capulets!'

'Or we could just… no,' says Kenny Porter.

'Thank you for that, Kenny. My idea is a lot of fun and you're all going to enjoy it whether you like it or not. Now, surnames A to M are Montagues, go to the left side of the room. M to Z are now Capulets, off to the right.'

I pull my chair over tae the Montague side, and watch Genevieve join the Capulets. It feels like a sign. Maybe we'll meet in front ae the interactive whiteboard. We'll talk aboot hands and names and *whit's in a name?* and *wherefore art ye, Daughter*? I'm right in front ae ye, Genevieve. Noo let's find Friar Lawrence and get hitched.

It only takes a few seconds in oor new families afore we start booin and shoutin abuse at each other across the room. I duck oot the way ae a rubber.

'Montague pricks,' somebody says.

'Death tae Capulet scum,' says another.

Niall MacDonald nudges me and bites his thumb towards the Capulets.

'D'ye get it, Daughter?' he says. 'Like in the play. I'm bitin my thumb at them.'

I ignore his terrible patter and chuck a paper plane across at the Capulets. It swerves by Genevieve's heid, but she doesnae notice since she's lookin at her phone.

'This isn't what I had in mind,' Mrs Ashcroft tries tae

make hersel heard over us.

The only yin listenin is the big sook Niall next tae me, so I walk over tae the Capulets and join them instead. A few Capulets then head over tae the Montagues. Just like that, we've sorted the divide.

When I leave English, I dinnae head straight tae Mr Garrett's room for detention. For some reason, I feel like it might be worth huvin a wee snoop aroond the Maths department. Followin everybody else, I make my way doon tae the main reception.

I take a seat at the visitors' area. The seats aw huv holes in them where creamy foam's leakin oot and there's not one person in the magazines that doesnae huv their teeth blacked oot and a Hitler moustache. It only takes a few minutes for the school tae clear oot, and soon ye can only hear faraway doors openin and shuttin.

The visitors' area has big, dirty windaes that look doon on tae the swimmin pool. There's still ripples in the water fae the final class ae the day. Mr Aitken is puttin away the canoes, abandoned in the water by folk wantin tae get away on time.

I text Sonny:

Be a few minutes late. Tell whoever's takin it I'll be there soon.

When it seems like everyone's away, I start walkin tae the maths corridor.

The door's heavy as I go through, and I keep my heid doon. The maths teachers criss-cross the corridor, visitin each other's classes tae discuss the day and moan aboot whitever it is they moan aboot.

Miss Baird's room door is open, and there's somebody I wasnae expectin inside. It's Miss Baird hersel. She's emptyin her desk intae a cardboard box. Everyhin in her drawers is comin oot: the glitter pens, the rubbers shaped like zebras and lions, the *Miss Baird says You're a Star!* stamp.

'Oh, hi, Billy,' she says, spottin me.

'Hiya, Miss Baird,' I say, mair excited than I meant tae soond. 'Whit are ye daein?'

'I'm just getting my things. John, sorry, Mr Edwards said I was okay to come in.'

She slides a few emergency calculators fae her drawers, the yins she hands oot when somebody forgets theirs. The display on them's too small tae write 8008135 so it's pretty guttin when ye get one.

'Are ye leavin?' I ask.

'Well,' she says wi an annoyed laugh. 'The "For Sale" sign went up today.'

'Whit?'

She goes tae reply then doesnae. She sticks her heid under the desk and she's probably hopin I walk away. I stay where I am. Her heid pops back oot.

'I'm only here to get my stuff,' she says. 'I shouldn't

have said anything.'

'Ye're leavin but?' I say. 'Ye're movin away?'

'I really can't talk about it, sorry. I better get going.'

'But, but… ye cannae leave like this. Why? Whit's happened? How am I meant tae dae Higher Maths withoot ye?'

She lifts the box and squeezes past me. She gies me a wee smile like she's sorry.

'Billy, I always tried to do the right thing,' she says. 'I just want you to remember that. Don't believe everything you hear.'

I cannae hink ae a response quick enough and she disappears doon the corridor. The soond ae her heels is like gunshots in the empty corridor.

✳ ELEVEN ✳

A rumour went through the school in the afternoon aboot an escaped polis sniffer dug that's roamin the fields doon by the burn, so Sonny and me decide tae take the long way hame, through the Bluebell Woods. Detention was awright. Mr Garrett didnae even bother handin oot paper for lines so we sat and asked him questions aboot aw the teachers and their subjects.

'Whit aboot French, Mr Garrett?'

'Listen boys, people from Bannockburn do not move to France, and people from France certainly do not move to Bannockburn. They'd be better off teaching extra English.'

The floodlights are on as we go by the fitbaw pitch and the sixth-year boys are warmin up. The mad dads are awready on the sidelines, despite the away team no huvin turned up yet. We stop and watch the lads kickin the baw aboot. I'm no quite sure if they're playin *Two and Through* or *World Cuppy*.

'How come ye were late for detention?' Sonny asks.

'I went tae Miss Baird's room.'

'Was she there?'

'Aye.'

'Aw, brilliant. Is that her back?'

'Naw, she was clearin oot her drawers.'

'Eugh, that's mingin.'

'No like that, Sonny.'

The players get called tae the sideline by the coach and we keep on walkin. The wids are quite dark at this time ae the afternoon. Even though ye can still hear the boys shoutin fae the pitch, it feels like ye're miles away fae anywhere.

'She said she's no comin back,' I tell Sonny.

'How no?'

'I dinnae ken. She's taken aw her stuff though. Dunno if she's quit, or she's sacked, but she's gone. And I'm fucked.'

Sonny stops. I look back at him and can just aboot see the floodlights through the trees up the hill. It was here we caught up wi Tilly.

'So is that it?' he asks.

'I've foond oot aw I can, realistically. If she's away, she's away. Nuhin we can dae. Except fail maths.'

'But, but, we need tae dae suhin,' he says. 'Mind whit she did for us. We should've been kicked oot ae school when Mrs Campbell saw whit we sprayed on her door. Miss Baird stopped it. Somehow. We cannae gie up yet.'

There's a big shout fae the fitbaw pitch. Probably one ae the dad's shoutin at his boy tae get tighter or make a run or live oot his dreams for him.

'Dae ye no hink it's worth tryin, at least?' Sonny says.

His chews on his Spot necklace.

'We owe her one, I suppose,' I say. 'Aye, mate. We'll find oot whit happened. We'll get her back.'

I tap my temple and Sonny lets the necklace drop and does the same.

We're comin tae the bottom ae the path and it's gettin lighter as the trees thin oot. Smells like somebody in Wallace Park is huvin a barbecue. Somebody's iways huvin a barbecue in the new builds.

'There were other folk in detention that night,' I say. 'Gavin and Cammy willnae tell us, but if we can find oot who else was there…'

I stop mid-sentence as the man himsel, Gavin Gilmore, steps oot fae one ae the side paths and stands blockin oor way. Cammy Reid comes oot the trees next, and then a few mair ae their crew. They form a line tae stop us gettin past.

'Evenin,' says Cammy.

I put my hand on Sonny's wrist and try tae lead us past them, but Gavin steps forward and pushes me in the chest. I stumble back and let go ae Sonny.

'Look at yeese holdin hands,' Gavin says. 'Ye'll get past when we let yeese past.'

'Wi aw due respect,' I say. 'Fuck yersel. Cammy, whit's this aw aboot?'

These boys dinnae dae anyhin withoot Cammy's say so. Behind the blockade, a couple ae girls walk back the way they came when they see whit's happenin.

Cammy produces a bottle ae Frosty Jack's fae the back pocket ae his jeans.

'Sorry aboot this,' he says.

'Aboot whit?'

I should see it comin but I dinnae. Gavin swings and catches me square in the chin. My feet gie oot below me and I can taste blood afore I even hit the deck. My vision's a bit blurry but I see Sonny rush up tae Gavin.

'Mon then!' Gavin says. 'Ye gonnae fight back, ye big queer?'

Sonny's taller than Gavin by aboot a foot but he just looks doon at him, withoot movin. I cannae imagine Sonny raisin his fists tae anybody.

'That's whit I thought,' Gavin says, then puts his hand aroond Sonny's throat. I go tae stand up but I'm dizzy and fall back doon. I realise he's no chokin him, he's rippin off his necklace.

'I need that,' Sonny says.

'I'm sure ye'll find it,' Gavin says, then throws it intae the trees.

I try tae stand again but Gavin gies me a sharp kick in the ribs. I fall on tae my other side and the stains fae the path dig intae me. Sonny crouches doon.

'Ye awright, mate?'

I manage a cough and a nod. Sonny pulls me tae my feet as easy as liftin his schoolbag. My ribs hurt when I take too deep a breath and my chin feels twice the size.

'I'm honestly sorry, lads,' Cammy says, and the rest ae the boys walk away, doon intae Claymore Drive. 'But we needed ye tae ken we're serious. Stop askin aboot whit happened at detention that night.'

He takes a final swig ae his cider and chucks the bottle intae the trees.

'Get some ice on yer face when ye get hame, Daughter.'

And wi that, Cammy turns and joins the rest ae the group.

I realise Sonny's keepin me on my feet, and I take my weight back off him. I gie my side a rub, and I'm sure there's a bruise on the way. One ae they purple and yellow yins.

'Whit dae ye hink, Daughter?' Sonny says.

I swirl my mooth aboot and press my tongue up against where Gavin caught me.

'I hink I'm gonnae huv a jaw like Desperate Dan when I wake up the morra,' I say, steppin intae the weeds and nettles. 'Come on, let's find Spot.'

✳ TWELVE ✳

'Whit's happened tae yer face!'

Mum gets up fae the couch and rushes wi her hands ootstretched.

'It's nuhin, Mum,' I say, shruggin my bag off my shoulder and sittin doon in the seat she's just given up.

'I'll nuhin ye,' she says, leanin in tae inspect me. 'Andrew, look at his face.'

Dad puts the big light on and wheels over. He takes my face in his hands, his thumb pressin intae the sore bit.

'Jeezo,' he says. 'I didnae hink ye could get any uglier. Who did this tae ye?'

Sonny and me practised oor answer on the way hame.

'A couple ae lads were fightin,' I tell them. 'I jumped in tae stop it. Got an elbow in the face by accident.'

'Whit boys?' Mum asks.

'Aaron Wilson and Chris O'Neill.'

Aaron and Chris are in oor year, but they've both transferred in this term fae other schools. I'm sure my mum doesnae ken their mums.

'I dinnae ken their mothers,' Mum says, clearly annoyed. 'Are they new?'

'Aye.'

'Whit school did they come fae?'

'Eh… Hamilton Academical.'

Mum puts her hands on her hips and studies me like a hostile specimen.

'Whit dae you hink, Andrew?'

Dad's awready went back tae his spot in front ae the telly, fiddlin wi the remote.

'Can never find Channel 4 HD on this bloody hing,' Dad says. 'Aw, aye, oor Billy would tell us if he was gettin bullied. Is that no right, Billy?'

I nod.

'And ye didnae get whacked anywhere else?'

I shake my heid gently so my ribs dinnae ache.

'There ye go,' Dad says happily, peerin at the remote again. 'Used tae work wi a boy who called the remote, "*the buttons*". Strange yin.'

Dad manages tae get Channel 4 HD on. Jon Snow's interviewin some mad American wife who likes Trump, and Jon Snow's sittin there talkin tae her like she's no mad.

Mum's still got her eye on me like she's no convinced. I try and move the conversation on.

'Whit's for tea?' I ask.

'Well, we had fish,' Dad says. 'But wi yer extensive injuries, we'll probably need tae buy a blender so ye can huv yer meals through a straw.'

I cannae get tae sleep. The two ibuprofen Mum prescribed arenae quite coverin the pain in both my face and my side. I'm needin yin ae they heavy big bandages that boxers get after a fight that wrap aw the way aroond ye.

I search Facebook for Miss Baird, first Jen, then Jennifer. There's plenty ae Jennifer Baird's on Facebook, but none ae them are her. She probably goes by a different name online tae stop pupils findin her. I text Sonny:

Super Mario Sonshine. Ye manage tae get yer necklace clean?

It was nearly dark by the time we foond Spot hidin under a bunch ae sticky willies. And it was pitch black by the time we had stopped throwin sticky willies at each other. Sonny replies quickly:

Aye, he's lookin brand new. Mum soaked him wi Zoflora. Cheers for helpin me look. I told my mum the story ye made up, aboot ye breakin up the fight. She says ye're a gid lad. Cammy and that really dinnae want us findin oot whit happened at detention, eh?

Howarth's dad gies him twenty quid every weekend tae go intae toon wi. Sonny and me are potless so we meet him at the Thistle Shoppin Centre and follow him aboot like a fan club.

We go intae HMV and stand lookin at the films that are just oot.

'Yeese seen that *Rogue One*?' Howarth asks.

'Is that no for weans?' I say.

'I thought it was amazin,' Sonny says.

'Sonny, you've liked every film ye've ever seen. Name one film ye didnae like.'

Sonny frowns, and he genuinely looks in pain as he tries tae hink ae yin. He wanders off tae huv a look through the A-Z films.

Me and Howarth go up the back tae the music section.

'I asked aboot in my circles, by the way,' Howarth says. 'But naebody's sayin anyhin aboot detention on Wednesday.'

He takes a pair ae heidphones off the shelf. There's a big eighty quid sticker on the front so I ken he's daein it for show.

'Ye'll find oot whit happened eventually,' he says. 'If there's a scandal, it'll iways come oot.'

A worker in a bright pink t-shirt squeezes between us tae pick up a record fae under the shelf. He's got hair doon tae his shoulders. I'd like tae try growin my hair tae that length, but I'll need tae wait til I move away fae hame. Dad wouldnae let me away wi it.

'Whit are ye spendin yer money on, anyway?'

Howarth slides the twenty poond note fae his back pocket and pulls it tight in front ae him, makin a poppin sound.

'I could get us Maccy D's.'

'Really?'

'As long as there's change fae this,' he says, pickin up a film. '*The Break Up*. I've heard Vince Vaughn and Jennifer Aniston are both in the scud in this.'

I take the film off him and huv a wee swatch at the back cover.

'You mainly fancy aulder folk, eh?' I ask.

'I'm sixteen, Daughter. I'm no exactly gonnae fancy younger folk, am I? No like you and Sonny. Surprised ye've no been textin Miss Baird's daughter. Whit was her name again?'

'It was Till—' I say, seein Howarth's grin. 'Never fuckin mind whit her name was.'

Sonny reappears wi a copy ae *Transformers 4*.

'Where've you been?' I ask.

'I was lookin for a film I didnae like.'

'Aw aye,' Howarth says. 'So *Transformers 4*? Ye didnae like it?'

'It's probably the lowest score I'd gie a film,' Sonny says. 'Seven oot ae ten. Seven and a half, at a push.'

Howarth heads hame wi his bongo film and a bag ae Millie's Cookies. Turns oot, there wasnae enough change tae buy us anyhin. Sonny and me go tae his bit.

'That's me hame, Mum,' Sonny shouts tae the hoose when we step inside.

A glass lampshade rattles and rings above us when the door closes. The hoose is warm and smells ae Sonny. His mum appears at the top ae the stairs wi a squeal and swooshes doon tae meet us.

'Who are these two strappin young men in my hoose?' she says.

'Calm doon, Mum,' Sonny says.

'Awright, Mrs Irvine.'

'Come on, stand straight, let me see ye,' she says, pattin the wrinkles oot my t-shirt and pushin my shoulders back. 'Yer mum must be proud ae ye, Billy?'

'Eh, I dinnae ken. Whit for?'

'Because ae whit a strong, handsome man ye've become. Well, apart fae yer wee injury.'

She insists on pressin on the lump on my chin and I shy away.

'Mu-um, dinnae be weird,' Sonny says.

'I'm no bein weird, am I, Billy? Billy kens he's handsome, don't ye, Billy?'

'Eh, I wouldnae ken.'

She squeezes my arms, then sneaks past us tae pick up oor shoes that we kicked off at the front door.

'And ye're brave!' she goes on, openin a cupboard and storin oor shoes inside. 'Breakin up a fight. Ye're a gid lad. But mind ye dinnae iways need tae get involved. But still, ye're a gid lad.'

She finds suhin in the cupboard tae tidy, and Sonny ushers me up the first few stairs.

'Does a mother no get a kiss fae her son?' his mum says, her heid pokin oot the cupboard. 'I've been sweatin over a hot stove aw day.'

'I thought we were huvin microwave lasagne,' Sonny says.

'Dinnae be smart cause Billy's here.'

Sonny clumps doon the stairs and puts a kiss on his mum's cheek. The bannister creaks behind me and Sonny's brother Mike appears, even taller and lankier than Sonny, and pushes past me.

'Whit a fuckin sook you are, Sonny,' Mike says.

'Hiya, Mike,' Sonny replies. 'You havin tea wi us?'

'No if Mum's cookin,' he says, grabbin a pair ae Vans and a hoodie over the top ae his mum's heid in the cupboard. 'I'm away oot.'

Mike dodges a kiss fae his mum and jumps oot the door. Mrs Irvine manages tae stop it fae shuttin over.

'Dinnae you be too late,' she shouts after him. 'And make sure ye get suhin tae eat.'

I feel bad for Mrs Irvine. That's nae way tae treat yer mum. I dinnae ken why, but I iways feel the need tae be even mare polite tae other folk's mums than mine.

Sonny drags me upstairs and we go intae his room.

'Are ye comfortable enough?' Sonny asks.

'Aye, I'm fine, mate.'

'I dinnae huv people roond much.'

Sonny fluffs up his pillows and opens his windae. His room isnae much different fae mine, apart from where I've got my Killers poster, Sonny's got an "*Everything is Awesome*" yin wi the wee Lego bloke. He throws a few loose socks intae his designated sock corner.

'Relax, Sonny. Ye dinnae need tae impress me.'

'But if we're gonnae be serious aboot gettin Miss Baird back, we should dae it withoot my pants on the flair.'

Sonny finishes tidyin and sits in his swivel chair in front ae his computer. I sit on his bed, which smells like fabric softener. Ye cannae beat that, when ye come hame fae school and yer mum's changed yer beddin.

'There's boond tae be somebody else that had detention that day that would talk tae us,' I say.

'How will we find that oot, though? The teachers arenae likely tae tell us.'

We sit in silence for a bit. Sonny opens up a game ae online Checkers. Doonstairs, I can hear the soond ae a knife poppin holes in a microwave lasagne.

'There's iways a register at detention,' I say.

'But it's locked in that drawer in Mr Garrett's room. How are we gonnae get that?'

'No sure. Ye any gid at pickin locks?'

✳ THIRTEEN ✳

By Monday mornin, the swellin aroond my chin's went doon enough that it shouldnae be obvious. If anybody asks, I'm plannin on sayin it's a hefty pluke.

I pat my pocket on the walk tae school tae make sure the screwdriver hing is in there. I swiped it fae my dad's junk drawer. I've seen him pick my bike lock wi it afore, and Sonny claims he kens how tae use it.

'My uncle taught me a few years back,' he confirms. 'He's broken intae loads ae places. Hooses, post offices, you name it.'

'Aw aye,' I say. 'Ye still see him?'

'Naw, he foond the one lock he couldnae pick.'

'His family?'

'H.Samuel. He's daein three years in Barlinnie.'

Sonny might no huv much in the way ae family, but he's better off withoot his shite dad and dodgy uncle. I like tae hink ae mysel as part ae his family, and him part ae mine.

As expected, Mr Garrett takes detention again. He doesnae get up fae his desk when we chap at the door. He frowns at us and his bushy eyebrows creep thigether like they're gonnae join in the middle.

'Just the two of you, again, is it?' he says.

'Looks like it,' I say.

'Well, sign the register and take a seat.'

While I'm writin my name doon, I manage a quick flick through the sheets on the clipboard. They're blank. Last week's huv been taken off and filed somewhere. I had a feelin it wouldnae be that easy.

We sit at the desk right at the front ae the class, basically touchin Mr Garrett's desk. We've barely began tae pretend tae start oor lines when he starts spielin off his opinions.

'Piece of bloody nonsense if you ask me,' he says. 'Detention every night for the rest of term? Ridiculous.'

'D'ye no hink we deserve it, Mr Garrett?' Sonny asks.

'Of course you deserve it! Can't let the pupils go around kidnapping children, can we? I'm talking about me! I have to sit here and stare at your ugly mugs for forty-five minutes every day til July.'

'Better than a pickled lamb,' I whisper.

'What was that, boy?'

'Just sayin I agree with ye, sir. No fair on yersel.'

'Quite right.'

Sonny and me huv a few thumb wars, but I lose them aw thanks tae his huge fuckin King Kong hands. Twenty minutes go by and Mr Garrett's no left his desk. He's still got one ae they ancient computers, that ye could fit yer heid inside, and his interactive whiteboard is covered in ink marks fae when he's forgot tae use the whiteboard pen.

He goes through cups ae coffee like a butcher's knife goes through a poond ae mince, and his breath smells like it tae. He's boond tae go for another cup any minute noo. It should gie us aboot three or four minutes, hopefully wi enough time tae get back in oor seats.

It's twenty past four, and just as I'm hinkin we might need tae try again the morra, Mr Garrett stands up.

'Going for a coffee,' he grunts, shufflin some papers. 'Don't try and leave early.'

He swishes oot the room, his lab coat flutterin like Superman's cape. We dinnae waste any time, and rush roond his side ae the desk. Sonny tries tae pull open the top drawer, but it doesnae budge.

'Right, get on wi it,' I say, takin my place at the door. 'I'll keep an eye oot.'

Sonny's fiddlin away at the lock on the drawer. His tongue's oot his gub and curlin aw sorts ae ways. I stick my heid oot intae the corridor and huv a look. Naebody in sight.

'This isnae like the ones my uncle taught me on,' Sonny says. 'I dinnae ken if it'll open.'

'Who'd huv thought oor high school was Fort Knox.'

'I could take a photie ae it?'

I come back intae the class.

'So we can huv a memento ae the day?' I say.

'So I can show my uncle and ask him. We can try again once he's telt me whit tae dae.'

'Sonny, mate, I'm no goin tae see yer uncle in the jail.'

There's steps in the corridor and the soond ae a lab coat flappin I make a snap decision, step oot the classroom, and start walkin in the opposite direction, away fae Mr Garrett. I get tae the first set ae stairwell doors when he calls at me.

'Woah, there,' his voice booms doon the corridor. 'I could've sworn I told you not to try and leave early, Billy.'

I turn and pretend like I've been caught. Mr Garrett is standin aboot level wi the door tae his room. If he turns his heid a wee bit tae the left, he's surely gonnae see Sonny crouchin at the desk.

'Sorry, Mr Garrett,' I say. 'I was goin tae the toilet.'

'I'm sure it can wait another minute. Come back and get your bag, then you and Sonny can get off home. Assuming I'm not keeping you from important dinner plans.'

'Naw, just a bit ae *Football Manager* for me the night,' I start walkin towards him slow as ye like. 'I've taken East Fife intae the Championship. D'ye like East Fife, Mr Garrett?'

He grunts and waits for me tae go intae the class. I pass him and look inside. Sonny's back at oor desk, heid doon, scratchin away at his paper. I tap my temple as I come up tae him. Sonny looks up, smiles and does it back.

'That's plenty,' Mr Garrett says. 'Up the road, you two.'

We hand over oor lines, or lack thereof, and Mr Garrett unlocks the drawer and sticks them inside. As we hurry doon the two flights ae stairs, I notice how wet the hair aroond the edges ae Sonny's face is.

'Noo that was a bit ticht,' I say.

'Too ticht for me,' Sonny says. 'I thought we were rooked.'

Once we're ootside, we take the long, flat steps doon the hill at the back ae Elgin Drive.

'Ye take a picture ae the lock, then?' I ask.

'Naw, mate.'

'Never mind, pal, we can try again the morra. Maybe get Howarth tae create a wee distraction for us or suhin.'

Sonny whips his schoolbag roond and unzips the side compartment.

'Nae need.'

He pulls oot a single sheet ae A4 and hands it tae me. I unfold it and see the heading: *BHS Detention 19/04/17.*

'Turns oot I'm gid under pressure,' Sonny says.

His wee face is lit up like a Christmas tree.

'Sonny, mate! I could kiss ye!'

'We could hug instead?'

I go in for a hug. He gies me a squeeze and a pat and I wonder why I used tae be so feart ae huggin folk.

We break apart and Sonny goes tae take the paper back off me.

'No here, mate,' I say, tuckin it in my pocket. 'Knowin

oor luck, Gavin Gilmore and the space cadets'll pop oot fae the grass in fuckin ghillie suits and swipe it. Let's go back tae mines.'

✳ FOURTEEN ✳

Mum comes through tae the livin room wi glasses ae dilutin orange for us. It's that nice cloudy way when it's just come fae under the tap. Dad's turnin up the volume on the telly so it's no at an odd number.

'Thanks for the squash, Mrs Daughter,' Sonny says.

'Listen tae him, Alison,' Dad says. '"Squash"! It's *squash* in your hoose, is it, Sonny?'

'Aye?'

'Must be a Braehead hing.'

'Dad,' I say. 'We're Braehead, tae.'

'We're Broomridge, Billy. There's a difference.'

'Hardly.'

'D'ye want me tae get the map oot? I'll get it oot!'

He wheels over tae the big chair and starts rummagin in the pocket at the side, as if there's gonnae be some detailed map ae Stirlin in there. Aw he'll find is crumbs, scart leads and manuals for hings we've no even got anymair.

'We're goin upstairs if that's awright, we'll come doon and stick oor teas in the microwave later?'

'Off yeese go, then,' Mum says. 'Does yer mother ken ye're here, Sonny?'

'Aye,' says Sonny. 'She says hiya.'

'Aw, bless her. Tell her I'm askin after her.'

Sonny takes oot his phone. As we're goin up the stair, I see he's typin a reminder tae himsel. *Mind tell mum Mrs Daughter was askin after her.*

We smooth oot the register on my bed between us. There were a few dirty shirts lyin aboot this mornin when I left but Mum's been in and done the business. There's lines in the carpet fae where she's hoovered.

'Look at the amoont ae names here,' I say, coontin them. 'Eleven.'

'How did that many folk get intae trouble in one day?' Sonny says.

'Nae idea, mate. The teachers aw had the hump on Hump Day by the looks ae it.'

He gies me a glaikit expression.

'Some folk call Wednesday, *Hump Day*, mate. Like a camel.'

'Aw, right,' Sonny says, noddin. 'I didnae ken camels could tell the days apart.'

The list ae names reads:

Brian Kenny
Scott Bilsborough
Sam Grier YBJ

Natalie Dyer
Oliver McFadgen
Noah Wilson
Oscar Davidson Fuck YBJ Up the HYT
Xander Porter
Cammy Reid
Gavin Gilmore
Mike Irvine

'Yer brother was there,' I say. 'We can ask him. Strange, ye never hear aboot sixth years gettin detention, surprised he even turnt up.'

'Mike skips most ae his classes,' Sonny says. 'Says sixth year's a joke and ye can fuck aboot.'

His brother's been fuckin aboot since primary three, but I'll no tell him that. His brother's a bam, but Sonny still looks up tae him.

'Could we go and see him the night?' I ask

'I dunno. He's hardly ever at oor hoose.'

'Let me text him.'

Sonny hands me his phone. It doesnae huv a lock screen, despite me tellin him tae get a password. I pull up Sonny's last chat wi Mike and tap at the screen:

Awright Mike. You aboot? Need tae ask ye suhin.

'Gid to send?' I ask.

'Whit aboot a wee smiley at the end? Nuhin over the top, just the red cheeks yin, or the one wi the halo?'

I press send afore he can list any mair ae his favourites.

It's spag bol for tea and Mum lets us eat it in my room. A few spots ae sauce end up on the carpet but I'm sure Mum'll be able tae get them oot.

We play a one-on-one game ae Call ae Duty while we wait for Mike tae reply. We dinnae bother playin online anymair. Neither ae us were fans ae gettin ripped rotten by wee American pricks. Instead, we huv tae listen tae the lines ae dialogue in the actual game. It's aw PG language in English accents like *get your bloody head down* and *Jesus, there's Nazi toerags everywhere!* As if folk in the wars werenae swearin like fuck when they were gettin shot at.

I hear the front door openin and shuttin. I'm sure I hear Mum makin her standard *that'll be the door shut then* comment. Me, Mum and Dad are awready in. There's only one other person wi a key. I run oot the room.

'Ye wantin me tae pause it?' Sonny shouts, but I dinnae reply. I'm aboot fourteen kills up anyway.

As I come doon the stair, I can smell the ootside air that's came in the front door. Mum and Dad are at the livin room door watchin somebody take their shoes off. It's my sister, Kimberley.

'Time dae ye call this tae be waltzin in the door?' I ask her.

'Says the boy that tried to kidnap a girl,' she comes back wi.

'Sakes, Mum. Who've ye no telt?'

Kimberley gies me a hug, and I hold on for as long as I can. Her Glasgow Uni hoodie smells like a different world, miles away fae whitever Mum uses tae wash oor claithes.

'How'd yer exams go?' I ask.

'Awful. But it's first year, so I'm not too stressed. They were all in the first week too, so I got to come home to your handsome face early, isn't that great?'

Kimberley lets her huge backpack slide off her shoulders and hit the flair. It slumps over like a deid body.

'That'll be the washin for me, I suppose,' Mum says.

Kimberley shrugs and stretches and the tips ae her fingers just aboot touch the lampshade and the hall light wobbles.

'Ready for your Nat Fives?' she asks me. 'Still thinking about maths at uni?'

'Aye,' I say, and Kimberley puts her arm aroond my shoulder and leads me through tae the kitchen. 'It's been a struggle this year. Honestly might fail the exam. Dinnae hink they let ye dae Higher if ye fail yer Nat Fives.'

'Don't worry about next year,' she says. 'You'll give yourself grey hairs. I think I see a couple actually.'

She starts pluckin at my heid and messin up my hair but I get free ae her. For a twig, she's got a gid grip. We sit doon at the kitchen table and Mum and Dad come in at the back ae us. Dad unfolds his feet holders and tucks his legs under the table. Aw the Daughters under one roof again.

'This is a treat,' Mum says. 'Yer faither's pulled himsel away fae the fitbaw.'

'It's half-time,' Dad says. 'Ye've got aboot thirteen minutes tae fill us in aboot yer exams.'

'Can I tell you later?' Kimberley says, layin her heid on her crossed arms. 'It's been a long day.'

'Ye came back fae Glasgow, Kimberley,' Dad says. 'No fuckin Brigadoon.'

'Language at the dinner table, Andrew!' says Mum.

'We're no even huvin oor tea.'

'We're still at the table.'

'But if there's nae dinner on it, it's just a table. It ceases tae be a dinner table as soon as there's nae plates on it.'

'It's a table, where we huv oor dinner. It's a dinner table.'

There's a cough. We aw turn tae find Sonny standin in the doorway. His hair brushes the top ae the doorframe.

'Hiya, Kimberley,' he says, no quite bein confident

enough tae actually enter the kitchen.

'Sonny Irvine!' Kimberley says, gettin up and huggin him. 'Look at the height of you! I swear you were only six foot when I saw you at Christmas.'

'My mum says it's aw the broccoli she feeds me,' he says, goin red.

'Well, that explains it. Glad to hear you're eating your veggies, Sonny. Very good for you.'

Dad snorts and shakes his heid.

'What?' says Kimberley.

'That was nearly five minutes we got through withoot ye mentionin ye're a vegan.'

Kimberley smiles, walks over tae Dad and gies him a big sloppy kiss on the cheek. He pushes her away and wipes his face.

'I'm going for a nap,' she says. 'You can have my seat, Sonny.'

'Naw, naw,' I say, standin up. 'We're headin oot. Eh, Sonny?'

Sonny takes a quick glimpse at his phone.

'Aye.'

✳ FIFTEEN ✳

We walk doon Archers Avenue in the chilly evenin air. Mum made me promise I'd be back by ten, so I'm nervously checkin my phone every two seconds.

'Right,' I say. 'Where's yer brother?'

'They didnae get intae Morrisons,' Sonny reads fae his phone. 'And they didnae get intae Kilted either. They got intae Cape but got kicked oot.'

'Jesus, Charlie Bucket's granpa wouldnae get kicked oot ae Cape.'

'Huv ye been?'

'Naw, but I've heard enough. Where is he noo, then?'

Sonny hands the phone over tae me.

Aw the pubs in town are shite. We're at Nicky Bairner's gaff. Dinnae tell mum though ye wee grass.

Even though it's quite dark noo, I can see Sonny's worried look.

'I dinnae want tae go tae a gaff, Daughter.'

'How no?'

'I ken whit happens at gaffs. I dinnae hink I'd like it. We can wait til the morra tae ask him?'

He's got a point. I'm no scared or anyhin, but uninvited

folk at a gaff are aboot as welcome as an unsmashed windae in the Raploch.

'We cannae wait aroond much longer though,' I say. 'I didnae want tae tell ye mate, but, look,' I pull up the *rightmove.co.uk* page on my phone I foond earlier. 'I'm sure this is Miss Baird's hoose.'

I hold up the advert. Sonny leans in and I can just aboot make oot Miss Baird's front garden in the reflections in his eyes.

'That's her car oot the front,' Sonny says. 'I didnae ken she stayed in Dunipace.'

We walk on and dinnae speak for a bit. I scroll through my Facebook feed on my phone. When I see Genevieve's posted suhin new, or been tagged in suhin, or I see her profile photie, there's this heavy nervous feelin I get. I suppose it's cause one day it's gonnae be her announcin she's in a relationship wi somebody that's no me. I could delete my accoont, but then ye're that guy that's like *"Aw naw, ye cannae add me, I've no got Facebook"*. Folk look at ye different when ye're that guy.

'I ken it soonds silly,' I say. 'But I cannae dae Higher Maths withoot Miss Baird. I'm barely gonnae make it past my Nat Fives.'

Sonny claps his hands thigether three times, like he's tryin tae psyche himsel up.

'So let's go tae the gaff,' he says.

Music poonds through the open windaes and we ken we've foond the right hoose. Through the slats in the fence, past the washin line full ae the Bairner family's claithes, I can see some bodies sittin in a circle in the garden. Maist ae them are in campin chairs, but one boy's pulled oot an office chair on wheels. The lassies huv brightly coloured straws in their brightly coloured bottles.

'I dinnae recognise any ae them,' Sonny whispers.

'Probably Bruce High weans,' I say. 'How dae ye even make pals wi Bruce High folk? It's like they stay in the same place as ye, but ye never see them.'

'At gaffs?'

'Probably. Shame we dinnae get invited.'

I get a fright when a light goes on behind us, but it's just the kitchen light ae another hoose. A wife's daein her washin-up wi the windae open so I can hear the water sloshin aboot.

'Would ye like tae go tae gaffs?' Sonny asks. 'Ye can go withoot me.'

'Mate, I wouldnae go anywhere you werenae welcome,' I tell him. 'Fuck, I wouldnae go anywhere *I* was welcome. Whit a shite party that would be.'

In the garden, one ae the boys tips one ae the lassies oot her seat. They aw laugh, even the girl who's noo on the flair. I dinnae understand how some boys can be such pricks and the girls still hang aboot wi them. No that I'm bitter or anyhin.

'I dinnae see my brother,' Sonny says. 'Should we head hame?'

I huv one last look aboot but dinnae spot Mike, or anybody else I ken.

'Aye, mon, afore we're spotted.'

✳ SIXTEEN ✳

We pass Mill Primary. The floodlights shine on the empty playgroond. The blaize pitch is half covered wi a huge puddle, like it used tae be when I went. Aw weather pitch my arse.

In one ae the recesses between classrooms, where we used tae play *Polo* and *What's the Time, Mr Wolf?*, a group ae folk sit huddled in the dark. A wee blue light fae somebody's vape pen moves aboot like the end ae a wand. We up oor speed and try and get past withoot gettin any abuse shouted at us.

'That you, Sonny?' comes a voice fae the dark.

We stop in oor tracks and look over.

'That soonds like Mike,' Sonny whispers. 'Should we go over or pretend we didnae hear them?'

'Well, we stopped right after he shouted yer name and stared over,' I say. 'So they just might ken it's you.'

'Oh aye. If this was a film, we would kiss the noo and they wouldnae suspect anyhin.'

'I dinnae hink that's how it works.'

The same voice comes again, and this time it's clear it's Mike Irvine.

'Mon over, Sonny,' he shouts. 'Is that Billy wi ye? Get over here ye couple ae zoomers.'

We jump the fence and walk over the mucky grass. As we get close, the figures come intae view. There's Sonny's brother Mike, who blows a huge cloud ae vapour oor way. It smells ae coconut. Two sixth year girls sit next tae him, their eyes closed and their heids restin against the wall.

In the darker corner ae the enclosure, some lads sit listenin tae music. They're aw noddin tae the beat wi their eyes closed tae prove they're really feelin it.

'Whit's happenin lads?' asks Mike. 'Does Mum ken ye're oot this late?'

'Aye, but I'm due back in five min...' Sonny pauses. 'Hours.'

'Five hours?'

'Eh, aye.'

'You're due back at three in the mornin?'

I dae my best fake laugh and stick a hand on Sonny's shoulder.

'He means five hours fae when we left,' I explain. 'So, like, midnight?'

'Oaft,' Mike says. 'Mum's fair changed. I used tae huv tae be in by half nine when I was your age. Auld boot.'

The lassie next tae him reaches behind her tae produce a bottle ae Irn-Bru. The colour ae the liquid in the bottle tells me it's no Irn-Bru.

'Whit was it ye wanted tae speak tae me aboot, anyway?' Mike asks us.

Sonny clears his throat. A boy in the corner group looks at his phone and the light fae the screen lights up his face. It's Gavin Gilmore.

'We wanted tae ask ye aboot detention on Wednesday,' Sonny asks his brother.

'Naw, naw we didnae,' I say, tryin tae pull him away. 'Mon, up the road, Sonny.'

He's no for movin, and wi his height there's no much I can dae. I put my hand tae my chin. The swellin's only just gone doon.

'In a minute, Daughter,' Sonny says. 'May as well ask since we're here.'

'Sonny, seriously. Let's go.'

'We heard suhin a bit mad happened at detention, Mike. Were ye there?'

I keep my eye on Gavin in the corner. He's put his phone away and has his eyes closed. The phone that's blastin the music is sat next tae him, inside a paper cup tae make it louder.

'Aw aye, wait till yeese hear this,' Mike says.

But afore Mike can tell his tale, the voice ae Gavin Gilmore pipes up fae the corner. The wee sleepin daftie's awake noo.

'Are ye actual huvin me on?' he says.

Gavin stands up, a bit wobbly, and steps across the slabs. One ae the other boys pauses the music. Even the stoned lads are payin attention.

'Whit are these two knobjockeys daein here?' Gavin asks Mike.

Mike stands up. He takes a swig fae his Tizer bottle, suhin dark broon, then spits it oot fae between his teeth, sideways. I can hear it squeakin as it comes oot.

'That's my brother, ye cunt,' Mike says. 'Watch yer mooth, wee man. Ye realise we're only lettin ye stay cause ye've got Spotify Premium. Whit age are ye anyway? Like twelve?'

'I'm sixteen next month,' Gavin replies.

'Aye, that's whit I said. Twelve. Noo, I'm gonnae huv a chat wi my brother and you're gonnae sit doon, shut up, and skip any Chvrches songs where it's the guy singin.'

Gavin grumbles and goes back tae his corner. He puts the music back on, but naewhere near as loud.

'Ye were sayin aboot detention?' I say, tryin tae get this done as soon as. 'Wi Miss Baird, aye?'

'Oh aye, Miss Baird indeed,' he says, raisin his eyebrows twice quickly. 'Were youse no meant tae be there? Thought yeese had it everyday for the dodginess wi that wee lassie.'

'It wasnae dodgy,' Sonny says. 'See, the hing aboot slushies is—'

'Sonny,' I cut him off. 'Stay on track, aye? Mike, we skipped it cause *somebody* was meant tae be fightin.'

I look at the corner. The ootline ae Gavin shakes its heid.

'So, we're sittin there,' Mike says. 'Loads ae us. Aw in there for nae gid reason if ye ask me. Whit was it ye were in for, Natalie?'

'I packed away my stuff two minutes early in Maths,' she says, lookin up at us. 'Mrs Campbell saw it fae the corridor somehow.'

'So there's hunners ae us,' Mike says. 'Aw fuckin fumin that we shouldnae even be there. Then aw ae a sudden...'

Sonny and me lean in so close we can smell Mike's stinkin booze breath.

'...she stands up, almost fuckin cryin... and says...'

I'm holdin my breath and can feel my heart beatin.

'"Yeese can aw go hame, detention's cancelled."'

Mike cracks intae a smile. Sonny and me frown at each other and I'm no sure whit tae say.

'And then whit?' I ask.

'Aw, that's the best part.'

'Aye?'

'Aye. Then we aw went hame.'

The music in the corner quickly goes back up tae its original volume, as if Gavin's pleased that we're no a threat anymair.

'But I thought suhin crazy happened, suhin unbelievable?' I plead wi him, desperate for somethin tae explain Miss Baird leavin.

Mike looks at Natalie and they both look clueless. Mike usually looks clueless, but this is a new level ae clueless.

'Naw, that was aboot it, boys. We aw packed up oor stuff and headed tae Matty Bremner's for a few games ae FIFA.'

The other girl sat next tae Natalie speaks up for the first time noo.

'Did you no get beat six-one off Matty?'

'Well fuck me,' Mike says. 'We did three randoms each. I get some Polish team I cannae even pronoonce. Matty gets World fuckin Eleven. Even Sonny could pump me wi World Eleven and he cannae tie his shoelaces.'

The girls laugh and Sonny laughs but I dinnae laugh and I ken Sonny doesnae want tae laugh either.

'Anyway, are yeese wantin a drink?' Mike asks, rummagin in the blue plastic bags surroondin them. 'I was on Venom earlier but we're oot ae orange juice.'

Sonny turns slowly and start walkin away withoot sayin bye. Mike's too busy lookin through his half empty bottles tae notice.

'Catch yeese later,' I say, then I lean intae Mike. 'And let me ken if ye remember anyhin else.'

I catch up wi Sonny. Some ae the young team whizz by on their bikes, givin their wee girlfriends backies. One ae them's tryin tae get a squashed cola can intae his spokes tae make it soond like a motorbike.

The groonds ae the primary school are far behind us when Sonny does a wee laugh oot his nose and smiles.

'Mike's a funny guy, eh, Daughter?'

'I suppose.'

'Like when he was sayin aboot getting beat six-one at FIFA.'

'That was some tankin, right enough.'

A single taxi comes up tae the mini roondaboot at the end ae the road and cuts across the middle.

'Or, or like when he was sayin aboot me no bein able tae tie my shoes.'

'I mind that. I ken ye can, though, Sonny. I've seen ye dae it.'

He nods and looks at the groond. Or maybe he's checkin the knots in his shoelaces.

'Aye, it's gid huvin a big brother,' he says. 'He looks oot for me. See the way he told Gavin tae shut up when he tried tae make us leave?'

We keep walkin. Sonny kicks an empty Lucozade bottle. It spins and boonces off somebody's fence and stops gently in a tangle ae grass.

'Just a shame aboot detention,' I say. 'Looks like Miss Baird got fed up and sent them hame. Doesnae help us much.'

Sonny gies me a wide-eyed look and I hink maybe he's had a realisation.

'Wait a minute,' he says, takin his phone oot his pocket. 'It's five past ten. My mum only gave me til half nine.'

He starts runnin in the direction ae Maurice Avenue.

My phone vibrates. A text fae Mum:

Ye've 2 minutes afore I get in the car and start drivin aboot tryin tae find ye.

✹ SEVENTEEN ✹

Tuesday mornin starts wi one ae the maist excitin moments ae the year: a sex-ed talk. It's my birthday as well, but I dinnae let on. No needin any mair attention at this point.

Nearly every boy in fourth year is stood ootside the lecture theatre, some ae them no even able tae stand still. Sonny, me and Howarth lean against the projector room door, waitin tae go in.

'I should be giein this talk,' Oscar Davidson says tae the rest ae the queue. 'I wrote the book on sex.'

'Whit was it called?' Howarth says. '*My Virgin Lips and Me*?'

'Shut it, Howarth. I had a threesome at the weekend there.'

Howarth puts his hand tae his chest, actin aw shocked.

'Leftie *and* rightie?' he asks. 'Mate, we've aw tried the two-hand wank.'

'Two girls, actually, ye dobber,' Oscar insists.

'Olly, we're sixteen year auld. We're aw fuckin virgins. Apart fae me of course. My big sister's pal fae Fawkirk had her way wi me at Hogmanay.'

The crowd laugh and boo Howarth, and he goes quiet when they ask for this girl's name so they can look her up on Facebook.

'Thought you liked boys, Howarth,' Oliver says.

'I like boys and girls,' he replies. 'It's called bein bisexual. It's also whit yer mum says tae me after I leave in the mornin: *bye, sexual!*'

I notice Gavin Gilmore isnae here, but I spot Cammy Reid arrivin late and standin as far back as he can get, at the steps which lead doon tae the games hall.

I walk over. He seems happy enough and gies me a thumbs up.

'Awright, Daughter!' he says. 'Yer face looks a lot better.'

'Aye, cheers, Cammy,' I run the back ae my hand over my chin. 'Listen, I dinnae ken if Gavin said anyhin tae ye aboot last night…'

'Whit happened last night, like?'

'Aw, nuhin, really. Look, I just wanted tae let ye ken that… Sonny and me, we found oot whit really happened at detention.'

Cammy's easy-goin demeanour flickers for a second. He picks at a spot on his cheek and has a quick check ae his fingernails for blood.

'Did ye?' he asks.

'Aye,' I say. 'That Miss Baird let yeese get away early.'

His smile comes back and he takes a drink fae his bottle ae Irn-Bru. I dinnae hink this school would function withoot Irn-Bru. I've heard folk in Glasgow call it *ginger* but that seems madness.

'We didnae want anybody findin oot,' Cammy tells me. 'Sure ye understand. We thought we'd end up wi even mair detention if the teachers foond oot we didnae actually sit through it.'

Some senior girls pass and Cammy winks at each yin.

'Lydia, Iqra, Mhairi,' he says. 'Are youse just back fae Benidorm? Yeese are glowin!'

They giggle as they go through the doors towards the library. Cammy winks at me noo. He's a big winker.

'But it was tae let ye ken, that's us done noo,' I say. 'We'll no ask anymair questions. And you'll leave Sonny and me alane?'

Cammy offers me a drink ae his bottle, but I wave it away.

'Fair enough, probably aw backwash,' he says, tossin the bottle in the bin wi a rattle. 'Of course, Daughter. Glad we can move on. Didnae like huvin Gavin rough ye up like that. Anyway, lookin forward tae this?'

It's twenty past nine, and the boys are gettin anxious and a bit annoyed they've no been let inside yet. They're aw desperate tae hear one ae the female teachers sayin hings like *sex* and *erection* and *a tight grip of your banana*. They're startin tae dry hump each other, as if that proves how much they love sex wi girls.

'They better let us in soon,' Cammy says. 'Much longer ae this and it'll be one big orgy.'

I shake his hand tae confirm the peace between us and walk back tae Sonny and Howarth.

'Is that yeese best pals, noo?' Howarth asks. 'Thought he was the yin who set Gavin Gilmore on ye?'

'He was. And we're no.'

There's a sudden hush as a group ae teachers come oot the staff room at the end ae the corridor. The three, blonde female P.E. teachers are walkin towards us and some ae the boys are pinchin themselves. Even I've perked up a bit.

They reach us at the lecture theatre, then keep walkin towards the P.E. base. Should've seen that yin comin. While we're starin at them goin past the Modern Studies classrooms, Mr Garrett appears tae unlock the lecture theatre.

'Let's get this over with,' he says, steppin aside tae let us intae the huge room.

There's a lot ae groans but none ae the sexual kind.

The sixty or so males ae S4 spread themselves over the front four rows ae the theatre. Jonny Magnusson tries tae save a few seats further back wi his jacket, but Howarth throws it off and we sit doon. Everybody's checkin their phones and suddenly double Maths doesnae seem such a bad alternative.

Mr Garrett clumps doon the steps. The lecture theatre's got they awkward long steps where ye cannae get intae a rhythm.

'As you know, Miss Baird usually does this stuff with you,' Mr Garrett says, puttin his glasses on and peerin at a print-oot. 'But she's... otherwise engaged, so Mrs Campbell asked me to go over this quickly.'

'How quick?' Oscar Davidson shouts.

'As quick as you wi Rebecca Duffy,' says Oliver McFadgen, sittin next tae him.

Oscar tries tae respond tae Oliver, but Mr Garrett speaks over the top ae them.

'Shut up, the pair of you. Now, we're here to talk about consent.'

Mair groans fae the audience.

'This isnae gonnae be one ae the fun sex talks, eh?' Howarth whispers.

'I suppose we're meant tae be men noo,' I say, afore I tune back intae Mr Garrett's spiel.

'This goes both ways, though, gents,' he goes on. 'You might not hear about it as much, but sometimes women say they can't help themselves either.'

'Only when I'm aboot!' shouts Cammy.

A huge bout ae laughter sweeps the room. Even Mr Garrett's got a wee smirk he's tryin tae get rid ae sharpish.

Mr Garrett ploughs on, but there's nae mention ae *ploughin* or anyhin like that. He goes through the bullet points ae the sheet he's clearly readin for the first time. After a few minutes, he folds the paper over, puts it doon and takes his glasses off.

'Basically, lads,' he says. 'Be a gentleman, be kind, be open-minded, and...'

He trails off and sighs. The rows ae lads lean forward.

'It's really not that hard,' he goes on. 'Don't only be nice to your mum and your gran and your sister and girls you fancy. Don't only be nice to woman because they can give you something in return. Be nice to women, respect women, because they're people. A lot of men never learned this. Men of my generation, and the generations before. It's up to you lot to start changing it, I'm afraid.'

We aw look at each other and I'm sure I'm no the only yin hinkin *how are us lot gonnae change anyhin?'*

'You're going to be men soon enough,' Mr Garrett says. 'Just make sure to be your own man, with your own thoughts, and don't be in too much of a rush to turn into your dad. And to put it in terms of sexual education, if you ever want your leg over, learn some respect and learn it fast. If a woman tells you no, you say, "*thank you for your time*" and leave her the hell alone. If I hear about any of you lot doing anything I don't like, I'll cut your tadgers off myself.'

We're sat there in a shocked silence afore everybody starts makin noises ae agreement and we even gie him a wee roond ae applause. Mr Garrett begins passin oot sheets ae paper and pens.

'One last thing, boys. Can you all please fill this

survey out? About what you thought of this session. Be as honest as you want. The worse you say I was, the less chance they'll make me do it again.'

We're still waitin on the forms reachin us when we hear Oscar and Oliver in the row in front ae us discussin their answers.

'Whit did ye put for question one?' Oliver asks.

'Whit question's that?'

'Eh… gender. I dinnae ken any ae these.'

Oscar scrolls back up his sheet tae see his answer.

'I put *Transmasculine*?'

'Cool, soonds right tae me.'

Sonny leans forward and taps them on their respective shoulders.

'Sorry, guys,' he says, 'for listenin in, but I hink youse should tick the box for *Cis male.*'

They huv a quick check ae their forms afore turnin back tae Sonny.

'Fuck off, I'm no a sissy.'

'Aye, we're no sissy males. Just cause that's whit you've put, ye gayboy.'

They start laughin and Sonny leans back and shrugs at me like he's no bothered. I go tae skelp them on the back ae the heid but Mr Garrett's too close by.

At lunch, Sonny and me head doon tae the Minimarket. They dae these own brand pizzas that dinnae taste like any pizza ye've ever had anywhere else. They dinnae taste aw that much like pizza tae be honest. But sometimes they hit the spot.

'Howarth no wantin tae come wi us?' Sonny asks.

'Naw, he's goin tae the pictures wi his dad. Wish my parents would pull me oot ae school every other day like his dae.'

'But hink ae aw the classes ye'd miss. Dinnae tell him, but I dinnae hink Howarth is as clever as me and you.'

There's a wee wait in the queue and we make the wanker sign at the seniors skippin and goin inside. When we get in, we grab a pizza and take it tae the coonter tae get halved and microwaved. Then we swap wi the next two in the queue and stand ootside tae wait.

My phone vibrates. A text fae an unknown number:

Keep diggin.

I show it tae Sonny and he looks as oblivious as me. There's every chance it could be Howarth on the wind up so I'm no gettin too excited. I reply:

Diggin whit? Who's this?

Minimarket Margaret wraps her knuckles against the windae and we go in tae get oor food. Sonny pays an extra ten pence tae get a few squirts ae tomato sauce on his half and uses his finger tae spread it evenly across the pizza. Might sound mingin but the tomato sauce on the base is basically evaporated by the time it's oot the microwave, so it's at least a wee bit ae moisture.

Sonny takes a bite and sauce smears over his mooth and nose. Another vibration fae my phone. The unknown number again:

They're no tellin ye the truth aboot detention. Who am I? Just call me Deep Throat.

I wipe the sauce off Sonny's nose wi one hand and text back wi the other:

Tell me where tae look then. Deep Throat? That's fuckin rank, I'm no callin ye that. Ye can be Sair Throat.

We walk roond the corner fae the Minimarket, tae the two wee hills that look like a pair ae boobs and sit on one each.

I dinnae ken how this person got my number, but then again Howarth isnae shy aboot givin oot details. I save the number tae my phone then go on Whatsapp and Facebook tae see if this person pops up in my contacts, but nae luck. Another text fae Sair Throat:

There were a loads ae folk in detention that night.

One ae them will speak tae ye.

'Whit did ye make ae Mr Garrett's talk then?' Sonny says, polishin off his pizza and neatly foldin his paper plate intae a tight bundle.

'Aye, brilliant,' I say, debatin whit tae type back. 'This guy's either at the wind up or he was at detention that night.' I respond wi:

Awready tried, got my arse handed tae me. I'm no askin aboot anymair. And if this is Howarth, I'm gonnae flush they specs ae yours doon the lavvy.

I keep my phone oot and boonce it against my knee, waitin for a response. Another text fae Sair Throat arrives. I go over and sit wi Sonny so we can look at it thigether:

Right, I've got suhin for ye. I'll be in touch.

Sonny seems tae get the fear and starts lookin aboot in case we're bein watched fae the trees.

'Whit's that film,' I ask Sonny. 'Where the guy's involved in loads ae dodgy criminal stuff and he keeps tryin tae get oot and they keep pullin him back in?'

Sonny hinks while a seagull lands on the other hill and starts peckin at the half pizza I left there.

Sonny answers: '*Home Alone 2?*'

✳ EIGHTEEN ✳

'Who's feeling fast today, then?'

Mr Aitken stands in front ae us, inspectin oor scrawny, pale bodies. The wooden bench is barely long enough tae fit us aw on. It's a constant state ae jostlin tae try and no be the yin who has tae sit on the two wee white knobs at either end. The water in the pool looks freezin, and maist ae us are awready shiverin.

Mr Aitken's physique bulges and tenses under his tight top, in places I'm no sure it's even meant tae.

'Come on!' he shouts, his voice echoin aroond the high walls ae the swimmin pool. 'I want the fastest four boys at the front right now.'

Oliver and Oscar stand up and the bench creaks and we aw shuffle tae take advatange ae the space they've left. They walk past Mr Aitken and curl their toes over the edge ae the pool. They ken they're the fastest in the year so they may as well get it over wi afore Mr Aitken picks them.

'Good lads,' he says, slappin each ae them on the back, instantly leavin red marks. 'Two more to give Oliver and Oscar a challenge.'

Sonny coughs.

'Sonny Irvine!' Mr Aitken says. 'Don't be shy, lad!

You're lane three, well done.'

I see the fear in Sonny's eyes as his lanky frame unfolds fae the bench and steps towards the pool. Mr Aitken gies him a slap on the shoulder which almost sends him intae the pool.

Mr Aitken faces us, the leftovers, on the bench again. Maist ae the boys are holdin their breath so they cannae be accused ae makin a soond. Sonny's chicken legs are quiverin in his shorts. I stick my hand up. Happy birthday tae me.

'I'll be the fourth, Mr Aitken.'

Mr Aitken breaks intae a one-man roond ae applause, loud enough tae make ripples in the water ae the pool.

'Now that's what I like to see,' he says. 'Someone that stands up and says *"Let's be having you, I'm going to smash it"*.'

'I didnae quite say that, Mr Aitken.'

He puts his arm aroond me and leads me tae lane four.

'But you did, Billy. With your eyes. You didn't speak but you told me with your eyes that you think you're going to absolutely smash Oliver and Oscar, even though you're usually languishing in last place like a total loser.'

'Did I?'

'You absolutely did. Mind over matter, Billy. You've got all your pals rooting for you as well.'

Mr Aitken points tae the bench, where he gestures for

the lads tae shout oot some words ae encouragement.

'Fiver says Daughter drowns.'

'My gran swims faster than you, Daughter, and she's deid.'

'Is that a stauner ye've got, Daughter?'

I look at my trunks and try and pat doon the air bubble that's appeared.

'It's these shorts, they're aw baggy,' I explain, but the bench is awready in stitches.

'He's no got a stauner, aw right?' Sonny says.

'Aye, you'd ken, Sonny,' says Sam Grier.

'BOYS,' shouts Mr Aitken, silencin us. 'I don't care who, or who hasn't, got a *stauner*. All I care about is that our competitors are ready to swim like they've never swam before getreadysetGO!'

I feel the spray ae water on my face fae Oliver and Oscar's dives. There's a sense ae relief, knowin I've awready lost, as I fall intae the pool.

The breath I took afore hittin the water lasts me aboot a quarter ae the length ae the pool. I raise my heid oot the water and the taste ae chlorine fills my mooth. I see Oliver and Oscar huv awready turnt and are racin back towards the top. I amble forward a bit and realise Sonny's no kept up wi me. I look back. He's treadin water aboot ten feet fae where we jumped in. Mr Aitken is speakin tae him.

'Get moving, Sonny! I've no time for quitters!'

Sonny coughs and splutters watery snotters doon his chin.

'Sorry,' Sonny says. 'The water went doon the wrong way, and up my nose and that.'

Meanwhile, Oliver and Oscar huv finished and are arguin aboot who won. I decide I'll take the disqualification and head back towards the bench. Walkin through the water feels like when I try tae run durin a dream and dinnae get anywhere.

'Ye awright, Sonny?' I call across the water.

Sonny sneezes a big spray ae phlegm and chlorine.

'Are you in need of rescue, Sonny?' Mr Aitken is shoutin noo. 'You seem to be in trouble. Stand back, Billy.'

And wi that, off comes his t-shirt. He pulls it over his heid, the way folk dae in films where they dinnae care if their hair gets messed up and they dinnae bother foldin it. His chest is as hairless as mine and his abs seem like they're fightin tae be under each other, like folk in the backseat ae a car tryin tae get their shoulders comfy. He dives in next tae us wi minimal splashin and pops up next tae Sonny.

'Speak to me, Sonny! Do you require assistance?'

'Naw,' Sonny squeaks. 'I'm fine, Mr Aitken.'

'Well, alright then,' Mr Aitken says, wipin the water fae his face and runnin his hand through his hair. 'That was a close call.'

He turns tae the bench.

'Right, since I'm here, I'm going to show you the proper technique for transporting an unconscious person out of the pool. Sonny, play dead.'

Sonny tries tae play deid but doesnae want tae put his heid back under the water so just sticks his tongue oot. Mr Aitken wraps his arms under Sonny's armpits and paddles backwards, towards the stairs and the wobbly handrail. When they get there, Sonny comes back tae life and walks himsel out ae the pool. Mr Aitken gets oot tae and looks back at me.

'Billy, what are you still doing in there?'

I walk towards the steps. A group ae girls appear at the big windaes at the visitors' area. Genevieve's amongst them. One ae the girls points at me then points towards her crotch. I look doon and see the air bubble has appeared wi a vengeance. I submerge mysel.

I take as long as I can in the cubicle gettin changed, tae let the redness oot my cheeks. I can hear them aw laughin still, but soon it turns tae the soond ae hair wax lids bein unscrewed and deodorant bein sprayed.

'Giese a len ae yer B.O. basher,' Oliver says tae Oscar.

There was a two-week period durin first year where the fire alarm went off once a day, cause folk kept sprayin deodorant up tae the detectors in the boys' changin rooms. The firemen werenae exactly happy. Then aw ae a sudden it stopped. So either aw the boys startin behavin or they took the batteries oot the detectors.

'Here!' somebody shouts. 'We're oot ae shit tickets. Goan someone grab me some paper towels fae the sink.'

My hair drips water on tae my phone as I pull it oot my bag. A new message fae Sair Throat:

Want tae find oot whit really happened at that detention then? Come tae Stirlin Castle.

Sonny appears in the gap ae the curtain in my cubicle.

'Daughter,' he says. 'I wanted tae gie ye this while I remembered.'

Sonny's hand slips through, holdin a present. It's well wrapped wi a wee green bow tied on top.

'Happy seventeenth, mate,' he says.

I take it off him and gie it a compulsory shake up at my ear.

'Was hopin ye'd forgotten,' I say.

'Ach, best pals dinnae forget. Did ye get anyhin gid off yer mum and dad?'

'Socks, pants, box ae Matchmakers. The usual hiliarous "*To a Very Special Daughter*" caird. Kimberley brought me a wee teddy wearin a Glasgow Uni jumper.'

Sonny goes back tae his cubicle and I open the gift. It's a personalised calculator wi my name at the top. Must've been at least six weeks' pocket money.

I text Sair Throat back:

Fine. But I swear if this is a wind up...

✹ NINETEEN ✹

'And whit else did Sair Throat say?' asks Sonny.

We walk through the streets ae Stirlin toon centre. It's five o'clock, by the time it's taken us tae walk in after detention. Nae mention made fae Mr Garrett ae the missin register fae the day afore.

Maist ae the shops on Port Street huv their shutters half-closed. We take a left and head up King Street.

'Just that we need tae go tae Stirlin Castle,' I answer.

'And he didnae say why?'

'Only that he's got suhin for us.'

A wee man passes by, groovin away tae whitever's playin in his huge heidphones. There's a cassette in his hand wi a handwritten tracklist on the back.

'We dinnae even ken whit this person looks like,' Sonny says. 'D'ye hink they'll wear suhin unique tae make them stand oot?'

'Like whit?'

'I dinnae ken… a raspberry beret?'

'Aw, like the song?'

'Whit song?'

King Street turns intae Baker Street. It's the middle ae April so the pubs huv their standard couple ae tables and chairs ootside in case we get a day or two ae sunshine.

As we climb towards the castle, we see mair and mair tourists. Two American women are talkin as they pass us.

'God, everything here's so cute,' one says.

'Did I tell y'all about my Scotch blood?' says the other.

'Oh yeah, you're related to Bobby the Bruceheart, right?'

Huge coaches come swervin doon the hill and somehow weave a way through the narrow, cobbled roads. We pass the Portcullis, climb one mair set ae steps and find oorselves in the Castle car park. My calves are killin me.

Folk are raisin their cameras above their heids tae get one last snap ae Stirlin and Bridge of Allan afore the sun goes doon. We make oor way tae the entrance.

'Looks like it's closin,' Sonny says.

I check oot the openin times board.

'Shite. Last entry was ten minutes ago.'

'Did Sair Throat say we needed tae actually go inside?'

I start up the chat again:

That's us here. We've missed last entry though so hope ye didnae need us inside. I've telt one ae my pals we're here btw, so dinnae be tryin tae abduct us. Whit noo?

I've no actually telt anybody where we are. I'd rather accept gettin abducted and avoid the redneck ae askin

Howarth for help.

Some ae the workers in their dark green fleeces are giein us evils so we step away fae the doors. We walk tae the start ae the path where two unlit torches sit.

'Ye asked oot Jack that sits next tae ye at the Albion games yet?' I ask, tae pass the time.

'Naw,' Sonny says. 'Maybe if we get promoted.'

'Jeezo, yeese could be deid by then.'

Sair Throat responds:

Blue plastic bag, behind the South African War monument.

I look tae my right. Aboot thirty feet away there's a statue ae a big fella wi some sort ae rifle. I've never really paid it that much attention afore. I nod tae Sonny tae follow me and start walkin towards it.

'Is Sair Throat a statue?' Sonny asks. 'I mean, obviously I ken he's no. But… is he?'

I dinnae respond and keep walkin, waitin for Sair Throat tae jump oot, or a worker tae ask us whit we're daein. I try and tread lightly on the well-maintained rectangle ae grass where the statue stands. I look back and find Sonny in a crouched position.

'Whit are ye daein?' I ask.

'I'm in stealth mode,' he whispers. 'Thought we were tryin tae be secretive?'

'It's daylight, mate.'

'Aw, gid shout.'

The bronze-coloured figure casts a black shadow over us. Naebody's tried tae stop us comin up for a closer look. I huv a read ae the inscription. It's a monument for the Argyll and Sutherland Highlanders who were killed in South Africa between 1899 and 1902. They dinnae teach ye that yin in school.

I continue roond the base, puttin my hands oot and feelin the cold stone, or marble, or whitever it is they make these hings oot ae. I peek my heid roond the far side ae the statue. There's suhin tucked in at the bottom, where the base meets the grass. Ye'd hink it was some rubbish if ye didnae ken any better. I feel Sonny's breath on my ear.

'Whit's that?' he whispers.

'A blue plastic bag,' I whisper back.

'Aw. Huv ye seen they ten pence Tesco bags? They're quality. They really upped their game bag-wise since the five pence charge came in.'

'I'm really keen tae hear aboot yer thoughts on plastic bags later, but for noo I hink we should just see whit's inside this yin.'

I squat doon and pull the bag free fae where it's wedged in. I look aboot for any eyes on me. There's hunners ae cars in the car park. Sair Throat could be in any ae them, if he's no awready gone.

I untangle the bag and shake it. My hands dig inside

and find nuhin.

'Sakes,' I say. 'This is like when somebody writes *go tae page 73* on a textbook and ye go tae page 73 and it says *yer maw*.'

Sonny's pointin at my feet. A silver USB stick is lyin on the grass. It must've fallen oot. I pick it up for an inspection, but there's nae markins on it.

I get a fright when my phone vibrates. Mum:

We're aw waitin on the birthday boy for his birthday tea… where are ye?

I squeeze my laundry basket up against the door ae my room. Dad willnae let me huv a lock on my door cause apparently *a growin laddie needs the fear ae his maw walkin in at any minute.*

My birthday buffet fae M&S was top notch, but I could barely enjoy it for hinkin ae gettin up tae my room and findin oot whit's on the USB stick. It didnae help that Sonny asked for seconds and thirds and demolished a full bag ae Percy Pigs.

I start up my laptop and Sonny dips a sausage roll intae the tomato sauce on his plate.

'Whit d'ye hink's on it?' he asks, pastry flakes coverin his lips.

'Like the hundred other times ye asked on the walk

hame,' I say. 'I dinnae ken. This could aw still be a wind-up. I swear tae God if there's a photie ae Howarth wi his knob oot on here...'

'After we've looked, we can go doon a get another handful ae they wee cocktail sausages.'

The computer comes tae life and my Biffy Clyro - Opposites wallpaper appears. It's aw pixelated cause I stretched it tae fit the screen and never got roond tae changin it. I take the lid off the USB and go tae stick it in the slot. It doesnae fit. I turn it the other way. It doesnae fit. I turn it back the other way. It fits.

'Wait,' Sonny says. 'Whit if it's a virus? Whit if it puts naked photies ae ye on the internet?'

'Simmer doon. I dinnae huv any photies like that.'

'It doesnae matter, it'll make them up. Like those yins ae Vanessa Hudgens.'

'They were real, mate.'

As Sonny's face drops at this news, a pop-up appears on the screen. *USBLEXAR connected.* I click on the option tae view files. A bigger pop-up appears. Files on the USB: one, entitled *190417-1555*. It's an audio recordin. I stick the volume on the laptop up and hover the cursor over the file.

'Here we go,' I say. 'Nae goin back noo.'

'Wait,' Sonny responds. 'Were they really real photies ae Vanessa Hudgens?'

I double click the file and the media player opens.

We lean in close. Sonny's still chewin on a breaded mushroom. I turn the volume up a bit mair.

The recordin starts wi a female voice, pure shoutin.

'You stupid bitch! Did you think I wouldn't find out?'

There's gasps and the soond ae chairs scrapin.

'That sounds like…' Sonny says.

'It is,' I say. 'Mrs Campbell, aw day long.'

'Mrs Campbell, I think we should discuss this later. I don't know what you're talking about.'

Sonny and me look at each other. The second voice is Miss Baird.

'You're a right wee whore, aren't you?' Mrs Campbell says.

There's a chorus ae shocked oohs and ohs fae the other folk in the room.

'Deborah, please, let's not do this here.'

A sharp smack. Somebody's slapped somebody a cracker.

'You've been fucking him since Christmas! Are you really going to stand there and deny it?' says the voice ae Mrs Campbell.

Miss Baird starts cryin.

'No one's going to feel fucking sorry for you, hen. You're done at this school, for a start.'

There's footsteps and swishin and sobbin. The footsteps and cryin get louder then fade away.

'And you can fucking keep him!'

After Mrs Campbell shouts this, there's a long silence. She clears her throat.

'You're all going to keep quiet about this, aren't you?'

Mumbles fae the pupils in the room.

'This isn't to leave this room, you hear? I won't have the staff talking behind my back. If I find out any of you little shits tell anyone, *I'll have you chaperoning first years to the toilets and wiping their arses so fast it'll make your head spin. But if we can keep it our little secret, you might just find your exam results come back better than you expected. I think you all know I have that power.'*

There's an excited murmur fae the room noo. A crumple ae paper.

'I'll make sure everyone on this list gets a bump in their grades, as long as this never gets out. Now, get out of my sight, the lot of you. Not a word to anyone, remember.'

The recordin comes tae an end. The progress bar goes back tae the start and the media player sits there aw pleased wi itsel. We almost jump intae each other's arms when someone tries tae come intae my room.

'What's blocking this door, Billy?' Kimberley says fae the other side.

I jump up and push on the door tae keep her oot.

'Leave us the noo, eh?' I say. 'We're daein suhin private.'

'Together?'

'No like that ye radge.'

'Mum wants you to cut your cake. She's got the candles out, Billy. Although the shop was sold out of number sevens so she had to get two ones. Happy eleventh birthday.'

Sonny joins me at the door and tries tae pull my hands away. My fingernail takes a bit ae the paint off the door.

'Let her in,' he whispers.

'Ye can get a bit ae cake later.'

'Naw, let her in and get her tae listen tae the recordin.'

Bringin Kimberley intae this hadnae exactly been top ae my list. She'll tell Mum and Dad. Mum'll tell everybody fae Pike Road tae the Alloa Asda.

'Whit's the harm?' Sonny asks. 'She might huv an idea ae whit tae dae next.'

I consider this while Kimberley starts booncin hersel off the other side ae the door and it shakes through the whole room.

'Come on, wee brother,' she says. 'If you don't open up, I'll tell everyone you're vegan too.'

I open the door and Kimberley stumbles inside and bumps intae the radiator.

'I tried a bit ae yer veggie haggis one time,' I say. 'Noo, come and listen tae this.'

✳ TWENTY ✳

The recordin comes tae its end again. I tried tae listen for any other voices the second time roond but nae luck. Kimberley switches fae a crouch tae a cross-legged position on the flair.

'That was Miss Baird and Mrs Campbell, wasn't it?' she asks.

I nod.

'God, we all hated Mrs Campbell so much. Miss Baird was the one everyone wanted. She's a hottie.' She starts checkin her reflection in the laptop screen. 'I am so pale today.'

I shut the laptop screen.

'Kimberley, aye, Miss Baird is braw,' I say. 'And aye, yer coupon's like a stuntman's knee. But whit aboot whit ye've just heard?'

She grabs my toe and starts bendin it back, but I manage tae wiggle it free.

'Miss Baird's not been back since?' she asks.

'Naw,' Sonny answers. 'And none ae the boys will tell us whit happened.'

'They're obviously stupid enough to believe Mrs Campbell can change their exam grades.'

I open the laptop again and play the recordin in the

backgroond. The kitchen's right under my room and I can hear the washin machine revvin up.

'I hink one ae them's worked oot,' I say. 'That Mrs Campbell was lyin and decided tae send us this. Maybe we can use this tae get Miss Baird her job back.'

Kimberley rolls her eyes.

'Why is it so important to you two?'

'We owe her one,' Sonny says.

I gie Sonny a squinted look that lets him ken tae shut up. Kimberley stands up and stretches intae a yawn. Sonny yawns a second later.

'You two are strange,' she says. 'But if she's slept with Mrs Campbell's husband, I really don't see her getting her job back, or even wanting to come back. Did you try phoning this Sair Throat person?'

'Aye,' I say. 'Nae answer, and nae sign ae him on Whatsapp either.'

'Well, the only upside is it's still a secret. If the whole school knew...'

'So, we need tae keep it quiet,' Sonny says. 'And make sure Miss Baird kens it's a secret. Apart fae us.'

'And the room full ae folk who're dippit enough tae hink Mrs Campbell can fix exam results,' I say.

Kimberley walks across the room and opens the door.

'Not to piss on your own-brand cereal, boys, but I don't think you've got much of a chance.'

And wi that she's off tae her room. A few seconds

later, Lewis Capaldi's voice floats oot her speakers and doon the hall.

'Billy!' Mum's voice comes fae doonstair. 'Are ye wantin this cake cut or no?'

'We'll be doon soon!' I shout back.

I slump on my pillows, which are flat and lifeless and I wish they stayed fluffy the way the yins on my parents' bed did. Sonny's clickin away on the laptop.

'There's nuhin else on it, Sonny. Whoever left it for us doesnae want folk knowin they're a grass.'

He gies up and reaches for a sad wee chicken bite fae his plate on the flair.

'We could go tae her hoose?' he suggests.

'Dunipace is a mission away,' I say. 'And a grown woman's no gonnae let two schoolboys in her hoose unless she's wantin on the front page ae the paper.'

'Are ye sayin we should pretend tae be journalists?'

I sigh and sink intae my pillow mair. Sonny pulls oot his phone and starts lookin through it for suhin. His expression is a guilty yin. He slowly hands the phone tae me. On the screen: a text conversation, consistin ae just one text fae the other person. The message fae the 18th ae April reads:

Thanks for the slushie, Sonny :)

Sonny's bitin his nails and I feel like I might need tae

wash my hands and burn off my fingerprints.

'Is this a text fae Tilly Baird?'

Sonny nods.

'Why is there a text fae Tilly Baird on yer phone?'

'She wanted my number.'

'And ye gave her it?'

He takes the phone back off me and starts pacin the flair. Then he stops at my dartboard and checks aw the flights are tight on the darts.

'It was when the polis turnt up and ye were talkin tae them,' he says. 'She asked for my number and I thought, well, whit if I say no and she starts cryin in front ae the polis?'

He shakes his heid as if tae let me ken he regrets it and pushes a dart intae triple twenty.

'So wee Tilly's got a crush on oor Sonny,' I say, grabbin the USB oot ae the laptop. 'D'ye hink she'd tell us her mum's number?'

'Maybe. But I didnae text her back. She might no be so friendly anymair. Remember how angry she got when I offered her my Crunchie?'

'Keep yer Crunchie tae yersel this time. We need tae be careful, though. Like, folk are rippin the pish oot ae us awready for the slushie incident. If they find oot we're textin her, I dinnae even want tae hink aboot it. And if the polis foond oot, that's another story.'

I go tae the board and grab a few darts, the yins wi the

Simpsons flights Mum and Dad got me last Christmas. I'm no aw that big on the Simpsons but Mum saw me laughin at an episode a few years ago. I've iways wondered whit my darts nickname would be. When yer last name's Daughter, there's no much that can make it soond cool.

'So maybe we shouldnae text her?' Sonny says. 'At least no fae my phone.'

Sonny picks up the other set ae darts, ducks oot the way and I throw my three. Fifteen.

'Just say suhin innocent, mate,' I tell him. 'Like 'Hiya' or 'Hey' or 'Whit's yer mum uptae these days?'

Sonny doesnae seem convinced and throws his darts. He's got the heavier set and his veer lower. Fifty-five.

'Let me hink aboot it?' he says. 'Folk awready say stuff aboot me at school. Let's just get oor puddin, aye?'

I tuck the USB under my pillow and we head doonstairs.

'I still hink we're too young tae deal wi stuff like this,' Sonny says.

'Mate, Juliet was thirteen and she shagged Romeo and started a war.'

'Spoilers mate, oor class is readin *Of Mice and Men*.'

✳ TWENTY-ONE ✳

Did ye listen tae it?

I peer at the text fae Sair Throat, waitin for me when I wake up. I unplug the charger and let my eyes adjust tae the light. I reply:

Aye. Whoever ye are, cheers.

I dinnae want tae make pals wi Sair Throat. I feel like oor relationship has come tae its natural end.

I spend the next ten minutes lookin through Facebook and realise I've probably missed my chance tae get in the bathroom in front ae Kimberley and her forty-minute shower. I grab my school troosers fae the flair and stick them on, swappin them for the Minions lounge pants I wear tae bed. Again, a Christmas present, and I've no even seen *Despicable Me*.

Sair Throat responds:

Bet ye cannae wait tae tell folk.

I hink aboot whit tae text back. That I'm no a grass. That I care mair aboot keepin it quiet for Miss Baird than I dae aboot Mrs Campbell bein embarrassed. Instead, I dinnae bother replyin.

✳

This is one ae they mornins Sonny doesnae walk me tae school, so I'm by mysel when I get up tae the bus turnin circle.

The buses fae Plean and Cowie pull up one behind the other, and I'm too late tae avoid gettin stuck behind the hundred folk that pile off. Ye'd feel sorry for them, comin fae Plean and Cowie, if they didnae iways get away early when there's a few flakes ae snow in the air.

They aw seem buzzin aboot suhin, as if it's Friday afternoon and no first hing on a Tuesday. I spot Howarth comin doon fae the bus stop on the Bannockburn Road, where the 54A lets him off. I wonder if his *Rush Hour Crush* was on-board the day.

He jogs doon towards me, takin off his bag so it doesnae bang on his back wi every step.

'Whit dae ye hink aboot the news!' he says.

'Whit news?' I ask.

'Huv ye no heard?'

'Heard whit?'

Howarth puts his hands over his mooth then starts strokin his chin.

'Oh, this is fantastic,' he says. 'Could it be that young William Daughter is the only boy at Battlefield High that doesnae ken the news.'

'Whit news?'

'Whit news, he asks!'

The last ae the Cowie weans come off the bus, aw lookin at their phones. I start walkin away fae Howarth, cause I ken he cannae keep a secret tae himsel.

'Och, awright, Daughter,' he says, catchin up wi me. 'I'll tell ye. It's just funny that ye didnae ken, since you're the yin that's been wantin tae find oot.'

'Howarth, tell me noo or I'll scanty ye right here.'

He sighs.

'It's Miss Baird. Apparently, she shagged Mrs Campbell's husband. Mrs Campbell foond oot and smacked her in detention last week. That's why Miss Baird's been away, she's been sacked or suspended or suhin. Mental, eh?'

We go through the side door closest tae the bus circle, through the stairwell and intae the canteen.

'That's a turn up,' I say, tryin tae seem surprised. We pass the vendin machines and I stick my finger intae the change slot tae check if there's any twenty pences left behind. 'Who telt ye aw that?'

'Iona Williams annoonced it on oor Whatsapp group,' he says. 'She heard it fae a different Whatsapp group though, so I dinnae ken who was the initial source. Doot Miss Baird'll be back noo though. Same wi Mrs Campbell. How could ye come back tae this?'

On the walk up tae reg I overhear a group ae sixth

year lassies talkin aboot it.

'I dinnae believe it,' one ae them says.

'That husband ae hers, by the way,' another says. 'Ruinin both ae their careers. Actual fuck aw men.'

By the time I get tae Miss Maybury's room, the whispers are everywhere. Only Sonny and me knew aboot it. He's telt somebody. He's no meant it on purpose but he's telt somebody. I text him:

She's never gonnae come back noo. Who did ye tell?

It's no any better by the end ae the day. The teachers obviously ken whit's happened but they're no allowed tae let us ken they ken. So they keep tellin us no tae gossip and keep oor heids doon.

I sit through detention mysel. Sonny didnae turn up aw day and he's still no text me back. He must be too feart tae face me, the wee chicken. I try askin Mr Garrett aboot the Miss Baird situation, but he only says, "*Save your gossiping for the salon, lad.*"

After detention, I walk hame mysel. But I dinnae stop when I get tae my hoose. I keep goin towards Sonny's. I dinnae even stick my heidphones in.

I close my fist and batter it against his front door. I can see the wobbly form ae Sonny appear through the frosted glass. He opens it.

'Awright, Daughter,' he says. 'Sorry I didnae text ye back, I was—'

'Mate, who'd ye tell?' I ask, daein my best no tae soond angry but lettin him ken I want the truth.

'Tell who whit?'

'Aboot whit Miss Baird did. The hale school kens.'

'Daughter, I didnae.'

'No even one person?'

He pauses, and swallows.

'Well, aye,' he says. 'Just one person, but believe me, Daughter, it wouldnae huv been them.'

Sakes. I kent this boy was dippit, but this takes the fuckin cake.

'I'm no even gonnae say "*I'm no mad, I'm just disappointed*", cause I am mad, mate,' I say. 'D'ye ken how embarrassin this is for Miss Baird? And if there was any chance ae her comin back, that's fuckin it. Done. She's fuckin gone and quite right tae.'

'I swear it isnae my fault,' Sonny says.

I close my eyes and run my hand doon my face. His Spot necklace hangs at the front ae his jumper and I'm startin tae wish I'd left it lost in the wids.

'Mate, I ken ye trust folk and that, but ye should've known tae keep this tae yersel. Was it Mike? Did ye tell him Mrs Campbell cannae change his exam results? I ken yer nose is half way up his arse maist ae the time.'

His eyes start waterin like he's aboot tae greet. If his

mum comes oot the livin room noo she's gonnae hink it's my fault.

'Please, mate,' he says. 'It's no been a great day for me.'

'No been a great day for *you*? I'm sorry, Sonny, but that's Miss Baird fucked, and that's me fucked as well. Goodbye tae any chance I had at gettin intae uni. But aw no, Sonny had a bad day.'

And there he goes, wipin at his eyes. This is some performance. He starts closin the door over.

'I'll see ye later, Daughter.'

He closes the door in my face. I stare at the wobbly figure disappearin up the stairs, takin them two at a time.

'Run away then!' I shout. 'Run away like a wee coward!'

I walk away fae the door and take a deep breath. He shouldnae huv telt anybody, simple as that. I ken I'm in the right.

I try no tae hink aboot it on my walk hame. Instead I hink aboot fifth year. Fifth year maths withoot Miss Baird. Fifth year maths wi Evil Edwards. I wonder if I could strangle mysel wi the chains on the swings at the park. Folk might hink I tried tae dae a double flip and it went wrong.

I go back over the chat wi Sonny in my heid and realise his eyes were awready red when he opened the door. He must've known he'd fucked it afore I even turned up.

✳ TWENTY-TWO ✳

They did it in Mrs Campbell's bed.

They did it on Mrs Campbell's desk.

They did it on Mrs Campbell's desk while Mr Capaldi watched.

Fair tae say the rumours huv grown arms and legs in the twenty-four hours since the news broke. I dae my best no tae hear the chat walkin through the halls ae the school but it's tough goin. And that's just the teachers.

Sonny didnae text last night or this mornin, so I walked tae school mysel again. I start tae wonder if there's suhin else goin on. When I get tae reg, I dae my usual nod tae Miss Maybury and she ticks me off. Then I hang aboot her desk and try and act natural.

'Mornin, Miss Maybury,' I say. 'Dae ye ken why Sonny's been off?'

'Morning, Billy,' she replies. 'His mum says it's a bug. It's going round.'

'Aye, there's iways somethin goin roond, eh? Cheers.'

'Oh, Billy,' she says, reachin oot a hand tae stop me, while she scoops a spoonful ae granola intae her mooth. 'There's a full school assembly first period.'

'Whit for?'

She crunches on a big moothful ae her breakfast.

'I'm sure you can take an educated guess.'

For whitever reason, when I walk away fae Miss Maybury's desk, the guilt aboot last night properly hits me. It's no the same, comin intae another shiter ae a day in this dump, and no bein able tae talk tae him. I mean, aye, I might get mair sensible responses fae a spoon full ae mustard or a Motherwell fan, but it's no the same. I take my time over writin the text:

You awright Sonny? I'm really sorry aboot last night. I was annoyed. Ye ken ye're my best mate.

I shoot the phone back intae my pocket as soon as it's sent, like I'm nervous for whit he's gonnae text back. It feels like that time in primary school when I text Eva McEwan, in the days afore I fancied Genevieve. I telt her I wanted tae see *Iron Man 2* and I had nae clue how she would respond. She said she fancied it tae, but neither ae us actually said we wanted tae see it wi each other, so I went wi my mum instead.

Mrs Ashcroft gets us tae drop off oor bags and jackets then leads us back doon the three flights ae stairs tae the lecture theatre. The hale school is funnelin through the corridors towards the bottom flair and there's some amoont ae ties gettin pulled loose and heels gettin clipped so folk's shoes come off a wee bit. I find Howarth on the last set ae steps goin past the visitors' area.

'Sonny still off?' he asks.

'Aye,' I say, wavin away somebody's hand flickin my ear. 'Did ye find oot who spread the word aboot Miss Baird?'

We're lined up behind the other fourth year English classes and get led intae the hall. We fall like dominos intae the seats.

'Nae clue,' Howarth says. 'One minute, naebody knew anyhin. The next, these are showin up in the toilets.'

He pulls a bit ae paper fae his pocket and hands it tae me. I unfold it tae find a photie ae Miss Baird starin back at me. The caption at the bottom reads: *Call me for a good time,* then a phone number.

'It's a sex addicts' helpline,' Howarth says.

'How d'you ken? Did ye phone it?'

'Naw, ye pleb. I texted it like any normal person.'

The jannie's on the stage at the front ae the hall leadin a cable across the back wall. Must be suhin tae dae wi the school show. This year it's *Grease.* It's iways fuckin *Grease.*

The fifth and sixth years fill up the back two rows. The teachers take aisle seats in rows where known bampots are sittin. The depute head, Mr Nicholson, looks aroond the room, as if he's waitin for somebody else tae start proceedins. Then he hops doon tae the front ae the theatre.

'Quiet, please,' he says, holdin up a hand. 'Quiet, now. If you all behave yourselves, this won't take long and you can get back to class.'

'You heard him,' a voice says fae the other side ae the room. 'Let's make some noise, lads.'

A few ae the boys aroond that area start carryin on and kickin seats, afore Mrs Haggerty gets up. She leans over some students, tanned cleavage and gold chains janglin and makin everybody uncomfortable, tellin them tae zip it. Then she gies Mr Nicholson that wee smug look teachers gie each other that makes it clear business has been taken care ae.

'Thank you, Mrs Haggerty,' Mr Nicholson says. 'Now, the reason you've all been brought here, this morning, is—well, there's a particular reason for this assembly, to which you've all been called here today. And it's my duty to discuss this reason, but of course, I'm sure you all have heard by now. But I can't go into it, of course. But that's why you're here.'

'Get on wi it, man, sakes,' Gavin Gilmore shouts. 'Stephen Hawking on one percent battery could get this done faster.'

'Gavin Gilmore,' Mr Nicholson says, pointin a bony finger his way. 'No more outbursts from you. There is absolutely nothing funny about this situation.'

There's plenty folk around the room wi big smiles that would disagree. The teachers look awkward tae, like they're no sure ae how Mr Nicholson is handlin this. I wonder if this situation is in the Battlefield Teacher Handbook, right after the chapter aboot how tae tuck yer t-shirt intae yer jeans on non-uniform days.

'There's going to be a lot of rumours,' Mr Nicholson goes on. 'About a certain... *thing*... that's happened amongst the faculty. And, well, that's all there is to say about it. There will be rumours, and you are not to spread these rumours or come up with your own take on the story.'

'So we're no tae talk aboot the shaggin?' Gavin shouts.

Mr Nicholson's forehead tenses and his eyes dae that poppin oot hing like they folk in the Guinness Book ae Records.

'No,' Mr Nicholson says.

'Whit aboot the slappin?'

'Of course not.'

'And the beastiality?' Gavin asks.

'That is ridiculous, there was no beastiality!'

Gavin claps his hands.

'A-ha! So there *was* shaggin and slappin then?'

'Out!'

Gavin receives plenty ae pats on the back as he shuffles oot ae his row and goes tae wait in the corridor, which is basically like a winner's enclosure for bams.

Mr Nicholson tries tae continue, but he stutters and stumbles and afore long the rest ae the teachers stand up and begin the slow process of gettin us aw back up tae oor respective rooms. Wi the traffic at a standstill, I check my phone and see a text fae Sonny:

Can I ask ye a favour? Can I come roond your bit early tomorrow tae show ye suhin? Aboot half seven?

✳ TWENTY-THREE ✳

It's 7.30am when the toaster spits my Pop Tart oot and 7.31am when Sonny knocks at the front door. I bite intae the Pop Tart and hot jam burns my tongue.

'Where are ye off tae at this time?' Dad asks, scrollin through the *Daily Record* site on his tablet.

'Sonny and me are just goin for a walk afore school,' I guess.

'A walk? Where?'

'Just a walk.'

Mum sits doon at the table wi her fruit scone and Snack-a-Jack rice cakes and opens her laptop tae look at the Mail website.

'Leave him be,' she says. 'He's just away a walk.'

'Whit if it's an Orange Walk?' Dad says. 'Whit if oor son is away on an Orange Walk? Is that awright wi you, Alison?'

'Och, dinnae be ridiculous,' Mum answers. 'It's half seven. Folk arenae bein sectarian at this time ae the mornin.'

We walk past the high school and Sonny's quiet. He's got his restin chirpy face on, but he doesnae point oot every dug he sees like usual. I dinnae ken whit tae say tae him. And when I hink aboot gettin angry wi him at his door the other day I feel like I want tae throw mysel off the Thunder Bridge.

We take a left doon Station Road, headin away fae the line ae shops at the Bannockburn toll. The smell ae square sausage and black puddin follows us doon the road.

'Sonny,' I say. 'I hink I've been pretty gid so far, no askin where we're goin. But mate, where are we actually goin?'

'A wee bit further.'

I take in a deep breath ae early mornin air. It's no that different fae late mornin air.

'I feel like Samwise whatshisface,' I say.

'Gamgee.'

'And you're Frodo whatshischops.'

'Baggins.'

'And we're on oor way tae that mad place.'

'Mordor.'

'Aye! Fuckin love they films, I ken every line.'

Station Road is followed by Cowie Road, and halfway up, Sonny brings us tae a stop. I look aroond.

'So, whit noo?' I say. 'Aw that's here is the auld folks' home.'

Sonny's face seems tae say that he kens that. I process this information. The sign reads *Viewforth Nursing*

Home. A disabled bus sits in the corner ae the car park.

'The auld folks' home is why we're here?'

Sonny nods.

'And are we goin inside?'

'If that's awright, mate,' he says. 'I thought ye might no come if ye knew. D'ye want tae meet my gran?'

There's a guy and a wife at reception, and they stop their chat as soon as the automatic doors open and we step inside. The smell hits ye pretty quick. Like a jumper ye've no worn in ages.

'Morning, Sonny,' they say thigether.

'Hiya, Mel,' Sonny says. 'Hiya, Scott. This is my pal, Daughter.'

I gie a wee smile and wave. Maist folk look confused when somebody introduces me as Daughter, cause it's no exactly a normal name, but they seem tae understand.

'He's iways on aboot ye, son,' Mel says.

'Aw, thanks,' I say. 'You too.'

She frowns cause whit I've said doesnae make any sense. Then she smiles and goes back tae her sudoku.

'How's she this mornin, Scott?' Sonny asks the guy.

'Fine form,' Scott says, makin a wee note ae suhin on his computer. 'She even asked Dot aboot her candles earlier.'

'Nae chance,' Sonny says, lookin pleased. 'Even I cannae stand Dot's candle chat.'

Sonny and Scott huv a wee laugh aboot this Dot wife and whit I'm guessin are borin stories aboot candles.

'Haha,' I say. 'They Yankee yins are really big, eh?'

They stop laughin and that's me killed the joke.

'Awright if we head through?' Sonny asks.

It turns oot eight o'clock in the mornin is like rush hour at an auld folk's home. There's one main livin room and it's packed wi the residents. They're gettin tucked intae fun-size Milky Ways and cans ae Barr's lemonade awready. Aboot three or four radios are on but naebody seems tae mind they're aw playin over the top ae each other.

'Thanks for this,' Sonny says. 'Mike never comes, and Mum doesnae get the time anymair.'

'Nae bother,' I say. 'Which yin's yer gran?'

He points her oot. A wife in her, I'd guess, mid-eighties, sits at the windae steadily eatin her way through a full packet ae Jaffa Cakes. She's got a huge pair ae heidphones on, which are weighin her heid doon and makin her glasses squint.

'That's Gran, there,' Sonny says. 'Her name's Janice.'

'Should I call her Mrs Irvine?'

'Up tae you, mate. But let me go and talk tae her first.

If everyhin's awright, I'll wave ye over?'

I gie him a thumbs up and he walks over tae her, wavin at maist ae the other folk in the room as he goes. He's like a celebrity in here and it makes me proud for some reason.

Sonny slows doon when he gets close tae his gran. He crouches in front ae her and slowly slides the heidphones fae her ears. I'm sure I can hear the music comin oot ae them fae here. She looks confused for a second, then breaks intae a huge smile. He hugs her, and when they break apart, Sonny waves at me tae come over.

'Gran,' Sonny says. 'This is my friend, Dau- ...Billy.'

I pull up a nearby stool and sit across fae her. I stick my hand oot.

'Nice tae meet ye, Mrs Irvine.'

Mrs Irvine takes my hand and puts her other hand on top. She's got soft gran hands that ye can tell get moisurised six times a day.

'Hello, Billy,' she says. 'I hope ye dinnae get my Sonny intae any trouble, jumpin through gardens and that sort ae hing.'

'Naw, naw, nuhin like that. We keep tae oorselves.'

'I'm only jokin wi ye, son. I ken my Sonny's a gid boy. Ye should see his report cairds!'

She moves wi the speed ae a much younger woman, twistin and reachin doon intae the side pocket ae the flowery chair she's in. Her hand comes oot wi a handful ae papers, includin whit appears tae be a badly drawn tiger. She starts readin fae one ae the cairds.

'Sonny is a *pleasure* to have in class. Always tidies away his jotters quickly and is eager to learn new things. His talk on whale sharks was well-researched and even though he was nervous to talk in front of the other boys and girls, once he started, he was a natural performer.'

Sonny stares at the flair. His face is Red Kola red.

'Gran, stop it,' he says. 'Billy doesnae want tae hear my report cairds.'

'Och, but I show them tae everyone. Frances says her granddaughter's clever as well, but she goes tae a private school. They're no gonnae gie a bad report caird tae a wee lassie when the parents are payin for it, are they?'

Mrs Irvine does a wee dismissive nod and roll ae her eyes towards a wife in the corner who I'm guessin is Frances.

'Are we gonnae dae yer readin book while ye're here?' she asks.

'Aw, naw,' Sonny says. 'No today, sorry, Gran.'

'But ye'll need tae,' she argues, huntin under the pile ae papers on the table next tae her. 'Ye're daein so well.'

'We dinnae really huv time, Gran.'

I laugh a bit. This is textbook how tae embarrass yer grandwean. He must've known it was gonnae happen but he still wanted me tae come.

'Here we are!' she says, brandishin a tattered book,

smaller than I was expectin. She waves it aboot. *Spot the Dog.*

'He can read it perfectly,' she says, lickin her finger and flickin through the pages.

'Gran,' Sonny pleads wi her. 'We'll dae it tomorrow, aye?'

He's got his Spot necklace on. He's iways got his Spot necklace on.

'Ye ken whit, mate,' I say. 'I'll huv a wee wander, get us a cup ae tea or suhin?'

'Daughter, ye dinnae need tae. It's silly.'

I squeeze his shoulder.

'Naw, it's no.'

I walk tae the kitchen area by the toilets, where the staff are puttin meals on plates and tablets in boxes. They wear light blue tops and dark blue troosers and ye can tell they smell clean just fae lookin at them. An auld geezer shakes his asthma inhaler and takes a seat at the breakfast bar.

'Nae chance ae stickin a bit ae bacon on?' the man says.

'Mr Reynolds,' a female nurse says. 'Ye ken whit the doctor said, ye're no tae get fatty foods anymair. On accoont ae yer arteries bein aw blocked and that ye'll die.'

'Oh aye,' he replies. 'I iways forget aboot that.'

The nurse winks at him.

'Aw, hen,' Mr Reynolds says, puttin his hand tae his

heart. 'Dinnae dae that. Ye'll make me huv a stroke. Then later on I might huv a heart attack.'

She flicks a tea towel at him and he looks pleased wi himsel. The nurse sees me standin nearby.

'Would ye like anyhin?' she asks me.

'A couple ae teas, please,' I say. 'And whitever Mrs Irvine drinks.'

'Och, they'll no serve ye that,' Mr Reynolds chimes in. 'No at this time in the mornin anyway. Come and huv a seat, son.'

I sit doon wi Mr Reynolds at the breakfast bar. The red plastic stools are high and uncomfy. The big room is filled wi the soond ae spoons clinkin on mug edges.

'So ye're wi Sonny?' Mr Reynolds asks me. His moustache is dark broon despite his hair bein white.

'Aye. I'm Billy,' I tell him.

'Nice tae meet ye, Billy. He's a gid lad, that Sonny. In here at least once a week tae see Janice, even on her bad days.'

I wasnae gonnae pry but this guy seems happy enough tae gie oot information.

'Whit happens on her bad days?' I ask.

'Nuhin major, son. But the other day she didnae recognise him. He was in a bit ae a state when he left. Sometimes that's just how it is for her.'

We look over at Sonny and his gran. Sonny's doon on one knee next tae the chair, the book laid over the armrest. His finger tracks along the page as he reads.

'Thick as thieves,' Mr Reynolds says.

We sit there, me and this auld man, for a while, no sayin anyhin. It's nice and calm, until I remember that I've got tae go tae school after this and it ruins my mood.

Sonny comes tae the end ae the book and Mrs Irvine gies him a roond ae applause.

'She hinks Sonny's a lot younger than he is, eh?' I ask.

Mr Reynolds nods and has a bite ae a slice ae toast that's appeared fae naewhere. Watery, melted butter drips on tae his dressin goon.

'Aye, son,' he says. 'She gets confused. The report cairds, they're fae when he was seven, eight? But then she wants him tae read they books, they're for even younger bairns. He reads they books over and over again.'

'How can she no see in his face that he's sixteen year auld?'

He finishes the toast, leavin the crust on the coonter.

'A few years ago,' Mr Reynolds says. 'I saw a woman walkin through the toon centre. I'd no seen her since I was a young lad like yersel. Back when I only cared aboot chasin lassies.'

He looks at me and I smile like I ken aw aboot it. Like I've got plenty ae girls on the go. Me and Mr Reynolds, chasin lassies like boys my age are meant tae.

'Lisa McCleary,' he goes on. 'She's my age noo, course, but when I saw her face, I didnae see an auld woman. I saw the lassie I was mad for aw they years ago.'

The slippers dangle fae his feet and he slaps the bottom ae them off the footrest ae his stool.

'The way she used tae put her hand tae her mooth when she laughed cause she was self conscious aboot the gap between her front teeth, or the concentration on her face when she was playin that bloody fiddle. Yer brain doesnae forget hings like that. Yer heart doesnae forget, either.'

I hink aboot Genevieve and her fingernails clickin doon the metal gate ae the fitbaw pitch and aw her different jackets and the personalised calculator.

'Y'see, son, sometimes a person comes along and makes yer heart stand still and yer brain just cannae change it's mind. Bet there's a girl like that in yer class, eh?'

It's the first time I realise, lookin aboot the room, how many single folk there are. No single like boyfriends, girlfriends, and aw that. Single like... single. Alone. Single folk eatin fae single plates. Single folk that dinnae huv their partners or families anymair.

'Aye,' I reply. 'There's a girl like that.'

'And I bet she doesnae gie ye the time ae day?'

'How'd ye ken?'

'Well, I said I was mad for Lisa McCleary. I didnae say she was mad for me, did I? No much changes, son.'

I smile and hop doon fae my stool.

'I better get back tae my pal. School's startin soon.'

Mr Reynolds extends his hand and we shake like auld pals.

'So ye never went wi Lisa McCleary?' I ask him.

He breaks off the handshake and adjusts a ring on his finger.

'Naw,' he says. 'She got a bit frosty wi me after I pumped her best pal at her birthday party.'

I walk away fae him as he's dippin an entire biscuit intae his tea, the tips ae his fingers submerged. That felt like one ae they conversations that's gonnae stay wi me for life, and I'm no sure I want it tae.

I come up tae Sonny and his gran and hear Mrs Irvine say,

'Ye dinnae fancy daein it one mair time?'

'Tomorrow, Gran,' Sonny tells her, holdin her hand. 'I'll read it twice tomorrow. We need tae get tae school.'

She looks sharply over at the wall clock and clasps her hands thigether.

'Ye're right,' she says. 'I cannae huv ye bein late. Noo, remember tae say "*Good Morning*" and "*Thank You*" tae Mr Wilson on the Broom Road.'

My mind takes a minute tae remember him. Mr Wilson, oor lollipop man ootside Mill Primary.

'Course I will, Gran.'

'And it was lovely to meet you, William.'

She plants a kiss on my cheek. I've long since accepted

that when auld folk hear my name's Billy, it's no long afore I'm William. His gran holds Sonny in a hug for a while, so I decide he can catch me up and I walk towards the exit.

As I go through reception, I spot suhin I didnae see comin in. There's a memorial set up wi a big picture ae an auld man sittin by the door, surroonded by bunches ae flowers. A St Johnstone scarf hangs fae the corner ae the frame.

I go up close tae inspect the photie. It's no the best quality. It looks like a group photie and they've zoomed right in on the deid guy. But just aboot visible by this guy's side is a familiar face. It's Mrs Campbell.

'He was a nice auld guy,' Sonny says, appearin by my side.

'Look at who's in the photie wi him,' I say.

'Aye, I ken. She was iways here visitin him.'

I lean back. The smell ae the flowers is itchin up the back ae my throat and my tongue cannae scratch it.

'I'm sure I used tae be in this photie tae,' Sonny says. 'It was Geraldine's ninetieth. It was one ae the best birthday parties at half eight in the mornin I've ever been tae.'

'But whit was Mrs Campbell daein visitin this auld geezer?'

'I never asked her. We used tae ignore each other when we were in at the same time. I iways thought it was her dad.'

'Naw, she took the week off school tae organise her dad's funeral, mind?'

I read the inscription at the bottom ae the photo.

Alexander Frank Innes, 1938–2017, you will be sorely missed—all the staff and residents of Viewforth Care Home.

'No tae be a gossip,' Sonny says. 'But Alexander and her had a big fight a few weeks ago. Aw the auld folk were lovin the drama. She never came back after that, and then he passed away. Quite sad, eh?'

We walk by the main desk and gie Scott and Mel a wave.

'Whit were they fightin aboot?' I ask.

The road ootside is chock-a-block wi cars noo.

'I dinnae ken for sure,' Sonny says. 'But it seemed tae be aboot money. He kept shoutin at her that she was *"never gettin his money"*. But if he had money, he'd no be in an auld folks' home, eh?'

✳ TWENTY-FOUR ✳

Sonny's waitin for me ootside Mr Garrett's door. He's been up since god knows when this mornin, been tae visit his gran, sat through a full day ae classes, and he's still got a smile on his face. The boy's a superhero.

We head intae the room. At the desk, alongside a cheery-lookin Mr Garrett, is the new actin head Mr Nicholson. He's perched on the edge ae the desk, sleeves rolled up. He looks like Mr November in the *Teachers Naebody Cares Aboot 2017 Calendar.*

'Here they are,' Mr Nicholson says. 'The Carjackers.'

Sonny and me gie him the obligatory laugh where we push oot some air through oor noses but dinnae actually laugh.

'Are you takin detention the day, Mr Nicholson?' Sonny asks.

'Oh, no, boys, not really my scene,' he says, flattenin doon his tie which he's loosened. 'I'm here bearing good news, actually! In light of recent…' he does an awkward hand gesture that doesnae mean anythin. '*Events.* We've decided that detention every day for the rest of term may have been a tad over the top. What's it been, seven, eight detentions? I think that's sufficient.'

'It's plenty sufficient,' Mr Garrett says, suddenly losin

his cheeriness and rememberin that he's been hard done by. 'Seriously, I don't like them in my classroom after hours. This is *my* time. They leave behind a *smell*.'

'Well, em, yes,' Mr Nicholson says. 'Punishment has been handed out, Mr Garrett gets him room and his… smell back, and you two get to go home at a decent time. Everybody wins.'

He jumps up fae the table like that's that sorted and we should be shakin his hand and thankin him.

'Except for Miss Baird,' I say.

'Now, Billy, I'm sure you can understand why Miss Baird left, and why it's quite impossible for her to come back.'

'Whitever. We're free tae go?'

Mr Nicholson sweeps his hands towards the door dramatically.

'Free as a bird! Jeezo, Billy, school isn't a prison, you know.'

'Must just feel like it,' I reply.

Wi detention cancelled, we get tae walk home at the same time as everybody else. While it's still properly bright ootside, and no that orangey, hazy kind ae light that hangs aboot at half four.

'Are ye headin tae see yer gran in the mornin?' I ask.

'Aye,' Sonny says. 'I dinnae usually go twice in a row but I promised. Dinnae worry, I'm no gonnae ask ye tae come.'

'Well, maybe no the morra, but I'll definitely come again.'

Sonny seems chuffed. I'm chuffed that he's chuffed.

'By the way,' he says. 'The person I telt aboot Miss Baird, it wasnae Mike. It was my gran. I really dinnae hink she telt anybody.'

We come tae the end ae my drive.

'I'm so sorry,' I say. 'Aboot the other day. I was horrible tae ye.'

'That's awright, pal,' Sonny says. 'I ken that wasnae the real you.'

He punches me on the arm and starts walkin away.

'Maybe next time ye visit we can look for Mr Innes's money under the couches!'

Suhin clicks in my brain. Mr Innes's money. I follow Sonny the few yards he's walked and grab his arm.

'Hang on,' I say.

I unzip my schoolbag and rummage at the bottom. There's old receipts, a turtle sweetie escaped fae a mix-up, and a *Stirling News* fae the week afore.

'I knew there was suhin familiar aboot that place,' I say, slappin at the front page ae the wrinkled paper. 'Here's yer man here.'

I re-read the headline:

POLICE TREATING CARE HOME DEATH AS SUSPICIOUS

'Look, Sonny. The polis hink there was suhin dodgy aboot the auld guy's death.'

I read it oot loud.

'Stirling Police are investigating the death of a resident at the Viewforth Nursing Home in Bannockburn. Alexander Innes, 78, was found dead late afternoon on Tuesday 18th April by a member of staff. A source informed the News that Mr Innes had been given incorrect medication, creating a deadly mix in his system. The senior investigator for Police Scotland, Leonard McDaid, released this statement at the scene.

"We received an anonymous tip-off that the death of this man may not have been by natural causes. Investigations are underway and we won't be discussing it further. Our thoughts are with Mr Innes's friends and family."

'Stirling News understands that Mr Innes was in possession of a substantial personal fortune, having won a share of a lottery jackpot as part of a syndicate around twenty years ago. It is unknown whether this money will feature in the deceased's will, as he was not on speaking terms with his only child.

'A resident of Viewforth, who wishes to remain anonymous, told Stirling News Mr Innes's medication was unique. "Bright blue and yellow his pills were. Couldn't mistake them for anyone else's. He needed a very specific dose. All kinds of things wrong with him."

The wind threatens tae take the paper off me and I fold it over.

'Hmm,' Sonny says. 'Interestin.'

He strokes his chin and nods his heid.

'Dae ye want me tae explain, Sonny?'

'Aye, if ye would.'

I put the paper back intae my bag for safekeepin.

'This rich auld fella's died, and noo his money needs tae go tae somebody. Whit the paper's sayin is that maybe somebody gave him the wrong pills, so he'd pop his clogs.'

Mr Niven fae number thirty-three is walkin his dug, Dolly, on the other side ae the road. He's got yin ae they hings that throws the ball for ye so ye dinnae need tae put any actual effort in.

'Ye'd huv tae imagine,' I say. 'If somebody *did* bump him off, the main suspect would be the person who stands tae get his money in the will.'

'Well, that rules oot Mrs Campbell then, eh? I heard him say she was definitely no gettin any.'

✳ TWENTY-FIVE ✳

Need tae tell ye suhin later on...

I read the text fae Sonny as I approach the Maths corridor for my after-school tutorial. This is the after-school tutorial I fought for and annoyed the department intae daein, and which was delayed due tae Miss Baird leavin and my detention. But here it is.

'No Edwards, no Edwards, no Edwards,' I whisper oot loud.

I stick my heid roond the doorway and look in.

'Good afternoon,' Mr Edwards says. 'First to arrive, Billy.'

Sakes. Hinkin ye're gettin Miss Baird and endin up wi Evil Edwards is like... it's like exactly that. Ye could use that as an example ae a terrible result. I take a seat up the back.

'I know what you're thinking, Billy,' Mr Edwards says. 'They probably won't run the class if it's only you who turns up? Put that doubt out of your head. Because you fought so hard for this tutorial, I've got the go ahead to do it—even if it's just the two of us.'

Right, the new example ae a terrible result is hinkin ye're gettin Miss Baird, endin up wi Evil Edwards, and then him tellin ye the tutorial's gonnae go ahead even if it's just the two ae ye.

'If it's the two of us,' he goes on. 'You're no use back there. Come and join me at the desk.'

I drag a chair tae join Mr Edwards at his cluttered desk. There's empty Tic-Tac packets everywhere but his breath still has that end-ae-the-day smell aboot it. He's got his chair pumped up tae the highest it can go and I feel like a wean lookin up at him.

'So, I hear you're looking to do a bit of maths and stats at university?'

I shrug. It doesnae feel the same talkin aboot my goals wi a guy that doesnae ken me fae Adam. I start takin apart my pen, pullin oot the ink and the wee spring.

'Billy, I know everyone thinks I'm the bad guy,' he says. 'Evil Edwards and all that. But Miss Baird spoke about you a lot. And I'm not planning on letting you, or her, down.'

I put the spring and ink back in the pen and click the top tae lock it aw in.

'I suppose,' I say. 'D'ye hink ye can get me through my Nat Fives?'

He smiles, claps his hands, then opens a big ring-binder full ae luminous sticky notes.

'I'll get you through your Advanced Highers, Billy,' he says. 'And between you and me, I don't think what they're saying about Jen is true. That's not the kind of person she is.'

I make a mental note tae no call him Evil Edwards anymair.

The car rolls tae a stop ootside the AMF Bowlin. This side ae Riverside looks like a bomb hit it in the nineties and naebody bothered tae clear it up.

'Huv yeese enough money?' Mum asks.

'Aye, mum,' I say. 'We're only goin in tae play pool.'

'I've got coppers for the machines if ye're wantin.'

Sonny and me get oot the car and stand by the entrance. We wait til Mum drives oot ae sight afore we go inside. The soond ae clunkin pins greets us as we go intae the foyer, as well as a few sets ae eyes. Cammy Reid, Gavin Gilmore and the rest ae them are swarmin over the big fuck-off video games. David Warner's sat on the motorbike game, pretendin he's racin, even though ye can tell it's a demo. They move towards us like a pack.

'Was that yer wee mammy droppin ye off?' Gavin says.

'It was,' I say. 'Did your mum no drop you off, like?'

'Naw, I'm sixteen year auld. I'm no a wean anymair.'

He looks at Cammy hopin he'll get a wee laugh ae approval. Cammy's busy textin.

'Oi,' David Warner says, gettin off the bike. 'My mum gave us aw a lift tae Nando's the other night. Ye'll no be gettin a lift off her again.'

David storms off towards the wee sweetie machine that gies ye a handful ae Minstrels. Gavin and Cammy come right up tae us and dismiss the rest ae their group back tae the arcade. Cammy's decked oot in aw his finery, includin a necklace wi a C on it. Makes Sonny's Spot necklace look classy.

'We ken it was youse two that telt aboot Mrs Campbell and Miss Baird,' Gavin says. 'Ye're lucky we dinnae gie yeese another doin.'

He clenches his fists. I've never punched somebody afore. I wonder how sair it is. Cannae feel worse than Gavin's fist smashin intae my pus.

'But,' Cammy says, puttin his hand on Gavin's chest. 'We also ken noo that Mrs Campbell was lyin tae us. She said she could change oor exam results if we kept it aw quiet, which is apparently pish. So, we'll call it even.'

He looks at Gavin tae agree wi him. Gavin shrugs then walks back tae the claw machine, stickin his arm up the prize slot tae try and grab a Buzz Lightyear.

'Only hing I'd say,' Cammy says, afore he walks away. 'Is be careful aboot annoyin Mrs Campbell. I mean, she made her husband take her last name when they got married. Ye dinnae want tae mess wi a wife like that.'

We walk over the crazy-patterned carpet which has been here since the place opened. At the other side ae the arcade, a wee girl is throwin as many basketballs intae a hoop ae she can. We take a right towards the pool tables next tae the snack coonter.

Some lassies are on the American table, so we take the British yin. I slip a poond coin intae the metal grate and slide it intae the gears ae the table. The yellow and red baws avalanche doon tae the bottom.

I grab the better cue fae the wonky stand and get another for Sonny.

'Never any chalk aboot in here,' I say. 'It's like they get a few cubes a year and some wide-os pinch them and that's that.'

I cannae find a triangle either so Sonny does his best tae get the baws thigether intae suhin that resembles a wonky triangle. I pot a red on my break.

'Whit is it ye wanted tae tell me?' I ask, walkin roond the table and surveyin the lay ae the land.

'Ye ken when ye got angry wi me? I felt like I needed tae dae suhin useful wi mysel. Suhin tae help.'

I dinnae pot on my turn and Sonny takes his turn, pushin a red towards the middle pocket. It catches the lip and ends up hoverin over the pocket on the other side.

'I text Tilly Baird,' he says.

Sonny lays his phone doon on the patchy felt ae the table and we lean over it. A baw flies off the table next tae us and the lassies chase it laughin their heids off.

The initial text fae Tilly says:

Thanks for the slushie, Sonny :)

And the conversation continues a week and a half later:

You're welcome! Hope you feel better – Sonny

Hi Sonny! Why did ye take so long tae reply? :/

I replied straight away, but my phone's no been workin right. Sorry.

I tap my temple and Sonny does the same.

Awww that's okay. My phone's crap tae lol. Wuu2?

No much, studyin for exams comin up. Anythin new wi you?

Urgh, exams suck! :P I'm bored tae. Mum's on holiday fae school so she's aroond a lot mair which is gid. She's even mair stressed than she usually is durin school time ahaha

That's where the texts stop.

'I didnae ken whit tae say next. I mean, we want Miss Baird's number, eh? I wasnae sure how tae ask for it.'

'Aye, askin a lassie for her mum's number isnae a walk in the park.'

I pick up my cue again. On the lanes, a dad is showin his daughter how tae place the bowlin baw on the wee assistance ramp. On the next lane, an employee kicks doon the barriers.

'How aboot,' I say. 'We tell her yer mum needs her mum's number. She needs tae talk tae her aboot suhin.'

'Whit does she need tae talk tae her aboot?'

'I dinnae ken, whitever mums talk aboot.'

'My mum's iways on aboot the prices ae school claithes and shoes and that. She says she has tae save up money each year for the new term startin.'

I walk over tae the other pool table and pinch their chalk.

'But you're as lanky as they come, mate,' I say tae Sonny. 'You were the only laddie in primary one that could change the lightbulbs withoot needin a stool.'

I pot again but leave the black a bit too close tae the corner pocket for my likin. Over at the arcade, Cammy, Gavin and that are playin the disc ice hockey game. The wee plastic discs are bein smashed in every direction and fly off the table. A waitress sidesteps one ae the pucks as she walks by wi a plateful ae nachos.

Sonny finishes typin on his phone and shows me the screen for inspection. The text he's written says:

Tilly, my mum needs to ask your mum a question aboot school uniforms. Can ye send me her number?

'Gid yin,' I say. 'Ken whit I'm hinkin but?'

'Wee smiley at the end?'

'Wee smiley at the end.'

Sonny adds a smiley face at the end ae the text, but afore he can hit send, his phone vibrates. It's a text fae Tilly:

Hiya Sonny. My mum's been actin weird. Dinnae ken who else tae talk tae. Can I tell ye aboot suhin that happened last night?

✳ TWENTY-SIX ✳

Saturday night means an Indian fae *Your Spiced* on the Bannockburn Road, the best takeaway in Stirlin, hands doon. Sonny arrives at the door as we're aw sufferin fae that post-meal, meat-induced tiredness. Except for Kimberley, who had a microwave vegan hing fae the Co-op and, tae be fair, it looked quite nice.

Mum's on her second glass ae rosé and her programmes are startin soon. She leads Sonny intae the livin room.

'Take a bit ae pakora, Sonny,' she insists.

'I'm full, honest,' he says. 'We had a Burger King afore I came over.'

'Och, a Burger King isnae a proper tea. Ye'll no be full. A growin laddie needs tae be full.'

He accepts a few pieces ae veggie pakora on a bit ae kitchen roll, sits on the floor wi his legs crossed and munches away.

Kimberley stretches oot, takin up a full couch tae herself. She spends aw her time scrollin through her Insta, Facebook, Snapchat and Twitter. And yet when I try and go for the telly remote, suddenly she's payin attention.

'Ye're no even watchin it!' I shout.

'I'm still listening to it,' she replies, eyes back tae the phone.

'Dad, is there no a game we could be watchin?'

He's readin *Follow Follow* on his tablet. I dinnae like tae be one ae they weans that clipes tae their parents tae get their way but enough's enough.

'Yer mum picks whit we watch on Saturday nights,' Dad says. 'That's the rule and ye ken it.'

'But is Everton Arsenal no the late kick-off?'

'I'll get the highlights the night. And if ye hear the score, you keep it tae yersel, Billy.'

Mum's awready topped up Sonny's pile ae pakora wi a hanful ae chips.

'Sorry, Sonny,' I say. 'Looks like it's *Britain's Got Talent* and *The Voice* for us the night.'

'That's awright,' Sonny says. 'D'ye fancy a quick game ae FIFA the noo, though? *Upstairs in yer room.*'

He raises his eyebrows at me.

'Aye,' I say. 'Let's go upstairs for a quick game ae FIFA in my room.'

Mum and Dad dinnae take any notice but Kimberley's lookin at us. She squints at me.

'You two are acting weird,' she says.

'That's teenage boys for ye,' Dad says, eyes on his tablet. 'They'll grow oot ae it in ten years or so.'

Sonny folds up his pakora intae a tight bundle and follows me upstair tae my room. I put my trusty laundry basket up against the door, for aw the gid it does.

'Did she reply then?' I ask.

'While I was walkin over here.'

'Took her a full day.'

'It's a long yin, tae be fair.'

Sonny hands his phone over and I get comfy in my desk chair tae read the huge block ae text Tilly's sent:

Sooooo last night Mum asked if I wanted tae go tae the shop for a wee treat, and obvs I was like yaldi! But when we got in the car she said she had tae go and dae suhin first. Hate when she does that! But aye anyway afore we went tae the shop she drove tae some random place I didnae even ken where. It was dark like. And then she got oot the car and telt me tae wait cause she'd only be a minute. Another car was there and she went and spoke tae whoever it was for a few minutes. She looked a bit scared when she came back tae oor car. I asked her who she was speakin tae but she said it was just folk needin directions but like that doesnae make any sense. Aye so that was #weird lol. Got a Wispa Gold and a can ae Diet Irn-Bru at the shop after though :D

'That *is* weird,' I say.

'I ken,' Sonny says. 'I dinnae ken anybody that drinks Diet Irn-Bru.'

I add this new info tae whit we ken awready and try and make sense ae it.

'A secret wee meetin in the middle ae nowhere, at night. Maybe she's gettin blackmailed or suhin. Maybe it wasnae just the affair that made her leave the school.'

I try and soond casual aboot it, but if she really is gettin blackmailed, it's a bit oot ae oor league.

'Whit dae we text her back sayin?' Sonny asks. 'There could be a gid reason for that meetin last night.'

'Come on, mate. Doot she was buyin suhin off Gumtree.'

Sonny's phone vibrates. He looks at the screen.

'It's Tilly again.'

We stand thigether in the middle ae my room and read the latest update:

Just heard my mum on the phone. She was tellin somebody that she cannae leave tae meet them again. She telt them tae come tae the hoose the night. When she got off the phone she telt me I need to stay in my room aw night cause someone's comin roond :/

'Maybe we should phone the polis?' Sonny suggests.

'Nae chance. We dinnae ken anyhin for sure yet.'

I take the phone and text back:

You stay on Hawthorn Drive, eh? If ye hink suhin's wrong, let me ken.

I hit send. The response comes quickly:

Aye how'd ye ken?

I take over writin duties again:

Yer mum's sellin her hoose, it's online.

I gie Sonny his phone back.

'This dodgy person is visitin them the night,' I say. 'Are ye up for a stakeoot?'

He rubs his stomach.

'No a full yin.'

I start rakin through my drawers for a pair ae binoculars I'm sure are in here somewhere.

'Whit I'm sayin, Sonny, is that we go and wait ootside their hoose and see who this dodgy character is.'

He begins nervously tappin his fingers on his knees.

'Dunipace is a mission away. How are we gettin there on a Saturday night?'

Kimberley finishes readin Sonny and Tilly's text conversation and puts the phone doon.

'You two,' she says. 'Are so fucking stupid, do you know that?'

'Calm doon,' I say. 'D'ye no hink there's suhin bad goin on there?'

She rubs her eyes wi the baws ae her hands, like we've ruined her quiet Saturday night in.

'Maybe, but you shouldn't even know about it!' she says. 'This is a young girl you're texting here. Please tell me you understand that's not something you should be doing.'

'I cannae say I'm thrilled aboot textin her, but by the

soonds ae it Miss Baird's in wi some bad folk.'

She walks tae the windae.

'And you two want a lift to Dunipace?' she asks. 'To what? Sit out the front and wait?'

'Basically, aye.'

Sonny nods tae. I dae wonder if he'd rather just block Tilly's number, go doonstairs, watch Simon Cowell slag off some nineteen-year-auld chasin their dream, and forget the hale hing.

'We might be gettin steaks at some point, tae,' Sonny says. 'But honestly, I was full fae my Burger King.'

My windae's cracked open a bit, and I can hear the next-door neighbours sittin oot their back. Glasses and bottles clink like a wee night orchestra.

'Mum only put me on her insurance for emergencies,' Kimberley says. 'How am I going to explain the three of us going for a drive on a Saturday night?'

'You're the yin that goes tae university,' I remind her.

'I'm studying maths, Billy, not *How to Be a Fucking Idiot...* aka Media Studies.'

There's a lull in oor chat as me and Kimberley go deep in thought, tryin tae hink ae the perfect reason why us three would need tae take the car for a couple ae hours on a Saturday night. Sonny has a strained look on his face tae, but I hink it's the Burger King and pakora no mixin well in his stomach.

'Whit if we say Kimberley's giein me a lift hame?'

Sonny says.

'Yer hoose is a three-minute walk away,' I say.

'I could say I've got a sair foot.'

'I'd rather go wi a different plan, mate. One that doesnae require you rememberin tae limp.'

'We're going to Tesco for something,' Kimberley says, wi authority, like that's the decision made. 'It needs to be something we can't get at the Minimarket.'

'Tesco petrol?' says Sonny.

'We'll get popcorn,' Kimberley makes this decision tae. 'We'll say we're going to watch a film and we need some fancy popcorn the Minimarket doesn't have. Let's do this.'

We dinnae want tae walk in tae the livin room and boldly annoonce we're headin oot so we nudge the door open a wee bit and get oor jackets and shoes on just ootside. This way Dad'll ask where we're goin and we can make it seem like nae big deal.

'Well,' Dad says. 'Are ye in or are ye oot? I'm gettin a draught.'

He's finished wi his tablet and sits wi a bottle ae Innis and Gunn on his belly. He used tae be strictly Tennent's but last year he tried Innis and Gunn while we were huvin oor tea at The Birds & the Bees and noo he hinks himsel a lager connoisseur. Both his hands wrap aroond the bottle tae stop it fae tippin over. His hands are startin tae get worse wi the MS.

'Daaa-aaad,' Kimberley says.

'Whit dae ye want?' Dad replies.

'Can we borrow the car quickly?'

That's woken him up and Kimberley flashes him a winnin smile.

'Whit for?' Dad asks.

'Ho,' Mum says. 'I'm the driver so I'll ask the questions. Whit for?'

We never decided who was gonnae come oot wi the popcorn excuse so we aw speak at the same time.

'Quick popcorn run to Tesco.'

'Gettin popcorn at Tesco's, dad.'

'I'm full fae the Burger King and pakora but I've got room for a wee drop ae Tesco popcorn, Mrs Daughter.'

For a few tense seconds they stare us doon. I fear that if it lasts any longer Sonny'll crack and tell them everyhin. Dad's attention goes back tae the telly and Mum chucks the keys across the room.

'Watch my clutch, Kimberley,' says Mum.

We say thanks and make a quick exit. We only realise once we've opened the front door that Sonny's no wi us.

'It's much better than the popcorn at the Minimarket,' he's sayin tae my dad.

I grab his arm and drag him oot intae the bitter cauld

ae the night. We get in the car and somehow it's even caulder. Kimberley's extra careful wi the clutch as she reverses oot the drive and starts up the hill.

'Any chance we can stop at the Minimarket for some popcorn?' Sonny asks.

✳ TWENTY-SEVEN ✳

By the time we drive past the Dunipace sign, the flair ae Mum's car is covered in wee popcorn bits.

'What's the street name again?' Kimberley asks.

'Hawthorn Drive,' I say, typin it intae Google Maps on my phone.

'I've never known anyone who lives in Dunipace. I thought it was one of those mythical places, like Atlantis, or Lenzie.'

We drive up the main street. There's takeaways and mini supermarkets and a group ae neds terrorisin anybody that's unlucky enough tae need suhin fae the shop.

Kimberley follows the route on the screen and soon we're deep in housin schemes. The cars are parked so close thigether there's barely room tae get fae one end ae the street tae the other. She inches the car forward at a junction.

'I haven't driven in about six months,' Kimberley says. 'And you've got me driving in the tightest streets in Scotland, in Dad's Motability car. This thing's got a bigger arse than you, Billy."

I spot the sign for Hawthorn Drive and Kimberley drives tae the end ae the street. We park up on an adjoinin street that has a view right on tae the hoose fae the Rightmove advert.

'Gie Tilly a text,' I tell Sonny in the back seat. 'Dinnae say we're here, mind. Get her tae message ye when the guest arrives and let us ken if there's any trouble.'

'And what if there is trouble?' Kimberley asks. 'What's your grand scheme if things go south? Are you going to charge into the house? That'll be easy to explain.'

'I'll wing it.'

'Winging it. Fantastic. Just what every getaway driver likes to hear.'

'Getaway driver? I could've given Sonny a backie on my scooter and we would've got here quicker.'

She smacks me in the side ae the heid.

'I'll remember that next time you need a favour, William. This'll be the last lift you'll get from me.'

'I ken, cause we'll aw die ae auld age afore we get hame.'

Kimberley turns it physical and goes for her finisher. She sticks her hand at the back ae my knee and digs her fingers in. The Backleg Crusher. Sair as anyhin. I spasm and push her away.

I notice there's nae For Sale sign up in front ae the hoose but decide no tae mention it. We sit silent for a while. It makes me feel awkward, so I go tae put the radio on. Kimberley smacks my hand away.

'We could play Eye Spy?' Sonny suggests.

'I really dinnae mean tae be a buzzkill,' I say. 'But Eye Spy is literally the worst game ae aw time. Like, I'm sure scientists could prove—'

'I spy,' Kimberley speaks over me. 'With my little eye, something beginning with...' she makes a show ae lookin aroond the car and ootside so we cannae tell whit she's chosen. 'S.'

'If it's suhin slaggin me off, tell me noo,' I say.

'Would I do something like that?'

'Probably. Dad used tae dae that. It would be like 'S' *for Spotty* or suhin.'

'You are quite spotty these days, Billy.'

She reaches tae touch my cheek and I lick her hand.

'Minger,' she says as she wipes my slevers on the car seat.

'Streetlights?' Sonny suggests.

Kimberley shakes her heid.

'And ye ken,' I remind her. 'If it's two words, ye huv tae say. It cannae be... stationary cars.'

Sonny and me start answerin quick fire.

'Seats.'

'Seatbelts.'

'Sign.'

'Stereo.'

'Socks.'

Kimberley laughs these guesses off. There's a brief moment ae panic as the blinds in Miss Baird's hoose twitch but soon after the curtains get pulled over.

'Right, just tell us,' I say.

Kimberley smugly reaches intae the cupholder between us and pulls oot a handful ae napkins, leftover fae a McDonald's trip.

'Sister,' I say. 'I dinnae ken how tae break this tae ye, but napkin doesnae start wi S.'

'Serviette,' she says, lightly slappin me on the face wi it.

'Servie-whit?'

'Serviette.'

'Ye cannae huv French words.'

'It's not French, you tube. Serviette is another word for napkin.'

I take the napkin fae her, ball it up, and chuck it back at her.

'So it's another word,' I say. 'It's no the main word, is it? See, this is why I hate this game. Folk try and be clever. Whit dae you hink, Sonny?'

Sonny leans forward.

'My gran calls them serviettes.'

'Sonny, naebody asked you.'

He gasps and sticks his hand through the gap in oor seats, pointin straight ahead. We follow his finger and see two folk knockin at the door ae Miss Baird's hoose. A man and a wife.

'Ye're fuckin jokin,' I whisper.

A flashy BMW is parked ootside the hoose, and the front door opens. Miss Baird steps aside tae let Mrs Campbell and her husband inside.

✳ TWENTY-EIGHT ✳

It's half ten on Sunday mornin so the traditional Daughter family lie-in is in full effect. I go doonstairs and find I'm the first up. I didnae sleep much last night, too busy trying tae work oot the situation wi Miss Baird. Sonny got another text as Kimberley drove us hame:

I'm tryin tae listen fae upstair. It's mainly the wife speakin. She's sayin my mum needs tae move away and then she'll get money? My mum says she doesnae want tae go and doesnae want money. (I want money lol).

The Righmove advert's been takin off the website as well. Miss Baird's clearly no that keen on movin away after aw, but Mrs Campbell is forcin her.

My phone buzzes. It's Kimberley textin fae upstairs.

You're up early. Mum text me to say she wants us all to go out for Sunday lunch today. Too late for me but if you have a good excuse you might be able to get out of it x

I walk tae the bottom ae the stairs.

'Ye ken we could just talk tae each other?' I shout up at her closed bedroom door.

Another text fae Kimberley arrives:

Where's the fun in that? Get with the 21st century brother x

Then another, this time fae Mum:

Stop shouting your dad's still sleeping we're going for lunch today it'll be really nice xxx

I flop doon on the couch wi a cold Pop Tart and stick *Only Fools* on the telly. I settle in for an episode or two, even though I ken I should get in the shower afore Kimberley. She drove hame at some speed last night, after we realised we had supposedly spent two hours at Tesco.

Tae my surprise, she comes doon the stair a minute later and plonks hersel on the other couch.

'Is this a Grandad or Uncle Albert one?' she asks.

'Grandad,' I answer. 'The yin wi the luminous paint.'

Look at us, talkin aw normal like we didnae stake oot somebody's hoose last night.

'Any further thoughts aboot last night?' I ask casually.

'Yep,' she says.

'And?'

She keeps her eyes on the telly.

'And we shouldn't have gone and you should stop texting Miss Baird's daughter and I regret everything.'

The Arsenal game the night afore finished three aw, and as a way ae makin up for Dad missin it, Mum lets Dad choose where we go for lunch. So it's The Kilted Kangaroo.

The four ae us grab a booth and look over the menus. Cause ae his wheelchair, Dad has tae side on the ootside ae the table, so folk are constantly bashin intae the handles as they go by.

'Dad only chose here,' Kimberley whispers tae me. 'Because he fancies all the waitresses.'

I huv a glance over the girls behind the bar.

'I didnae notice,' I say, scannin over the desserts.

'Sure you didn't. You're allowed to say you fancy people, Billy. Surely you don't get slagged for that at school.'

'Ye'd be surprised.'

Dad didnae even look at his menu and he's awready tryin tae get the attention ae one ae the waitresses.

'Youse ready tae order?' he asks us.

'Gie us a chance, Dad.'

'Aye, Andrew,' Mum says. 'Just cause you get the same hing every time.'

He crosses his arms and doesnae seem fussed. A mounted kangaroo wearin red boxin gloves is comin oot the wall above him.

'Fine,' he says. 'But dinnae complain when yeese see my steak pie and wish youse had ordered it as well. Well, maybe no you, Kimberley.'

A pretty, blonde woman arrives at the table. Dad leads the charge and orders his steak pie and pint. We end up orderin three steak pies and some fruity nachos for Kimberley.

Once aw oor meals are demolished, I take a trip tae the loo, where the door reads "*Blokes*" and the urinals are auld beer kegs. I've still no figured oot the exact bit ae the urinal ye're supposed tae pish intae, so I iways end up wi at least a light spray over my shoes.

When I come back oot, Genevieve is at the bar. We make eye contact and I'm surprised at mysel for no lookin away. She's no lookin away either.

'Daughter!' she says, and my feet start takin me towards her. There's suhin aboot us bein oot ae oor school claithes that changes the dynamic somehow.

'How are you?' she says, giein me a hug.

We never hug when we see each other in school. It's like there's different rules here.

'I'm awright, ta. Yersel?'

'No bad. I'm here wi my maw. She's had six White Russians awready. The bartender says she needs tae doon a pint ae water afore he'll serve her anymair. Some mother, eh?'

I smile but I cannae hink ae whit tae say back. I dinnae hink I'm supposed tae say anyhin back tae that. Girls probably dinnae like it when ye slag off their drunk mums.

'That's Sunday lunch for ye!' I come oot wi.

Well done, Billy. *Smooth*. She looks at me like she usually does at school.

'So,' I try movin hings on. 'Back tae school the morra, joy.'

'Dinnae remind me. Least I've got a half day.'

A member ae staff rolls an empty barrel fae the back room through the bar and oot the front door. It rumbles like metal thunder.

'How come?' I ask.

'Goin wi my mum tae gie blood. Well, I'm no actually allowed cause I'm no seventeen yet, but the school doesnae ken that. I go tae keep my maw company. Oh, yer pal Miss Baird'll be there.'

She turns back tae the bar like that's no a big bit ae information.

'How'd ye ken that?'

'My maw's pals wi her. Kens her fae school. They iways give blood thigether.'

Genevieve gets up on her tiptoes and swivels her heid fae side tae side, lookin for the bartender. I realise that as soon as the guy comes back, this conversation will need tae end.

'I might see ye there,' I say for some reason.

'Oh aye? I forget you're seventeen noo. How are ye wi needles?'

'My mum taught me how tae sew a scarf once.'

The bartender returns and hands her a tall glass ae water, as well as an orange cocktail which she takes a sip ae. Her face puckers up.

'Ooh, soor,' she says. 'Are ye gettin a drink, Daughter?'

'Eh,' I say, feelin for the scabby fiver in my pocket. 'Aye, why no. Pint ae Tennent's, please.'

The bartender smiles but doesnae make any moves tae get a glass or pour the drink.

'Unless you've ID on you, buddy,' he says, flickin a quick glance at Genevieve. 'I think you'd better try again another day.'

'But,' I panic and point at Genevieve. 'But she's underage and ye're servin her?'

Genevieve and the bartender both look at me, disgusted. Afore I can say sorry, she's taken the drinks and walked away. The guy behind the bar whistles and throws a towel over his shoulder.

'You fucked that one, mate,' he says.

✳ TWENTY-NINE ✳

'Ye wantae whit?' Dad says.

'Gie blood,' I say, stickin a couple ae ootsiders intae the toaster. 'It's on durin school time so I need ye tae sign me oot for the afternoon.'

'Sounds like ye just fancy a skive.'

'That's not all he fancies,' Kimberley chimes in wi.

She raises her eyebrows at Mum across the kitchen table, but thankfully Mum's too busy clickin the sweeteners intae her tea tae notice.

'I hink it's a grand idea,' Mum says. 'Only seventeen and he's awready wantin tae help other folk. I raised ye right, Billy.'

'And did I no raise him tae, like?' says Dad.

'Aye, but I raised him tae be compassionate and warm. No cold and unfeelin like you.'

Mair and mair I realise that adults dinnae huv much ae a clue aboot anyhin. Or maybe other folk's parents are clever as and it's just my mum and dad that spout nonsense.

Mum rips a sheet fae her Eeyore notepad and starts writin me a note.

'Who's your reggie teacher, Billy?' Kimberley asks.

'Miss Maybury,' I answer. 'And it's reg, naebody calls

it reggie.'

'I called it reggie.'

'I'm no huvin that. I've never heard anybody call it reggie. Fuckin Reggie Yates.'

'William!' Mum shouts. 'Dae ye want this note written or no?'

She finishes wi a flourish. Her huge, near-impossible tae forge signature takes up maist ae the page. She hands me it and I huv a swatch:

Dear Miss Maybury,
Please may Billy be excused from classes after lunch-
time, as he is making his family proud by donating blood
at the Albert Hall. We hope this is the start of many
donations to come and as I'm sure you'll agree, he will
help many, many people.
Yours faithfully,
Alison Daughter
P.S. he also stopped a fight recently and took a punch on
the jaw so really he should be getting some reward or
something please look into this for me x

At reg, I hand over my note tae Miss Maybury. She does a wee impressed *ooh*.

'I'm very pleased to hear this, Billy,' she says. 'This

won't be a problem. What were you supposed to have the last two periods?'

'Double geography wi Capaldi.'

She gies me a stern look.

'Wi *Mr* Capaldi,' I correct mysel.

She softens again. A few folk come in at the back ae me and Miss Maybury ticks them off on her sheet. I telt Sonny aboot the potential ae Miss Baird bein at the Albert Hall, but no Kimberley. She'd probably no be too happy.

'I wonder what blood group you are!' Miss Maybury says. 'Try and guess mine.'

'Eh, well I dinnae really—'

'O negative! It's the best one. I can give to anyone.'

'Crackin.'

I try tae go and sit doon but she keeps talkin.

'My friends are always saying to me, "*If ever I'm in a horrible car crash, Kerry, I want you to be right there next to me*".'

Genevieve's naewhere tae be seen in the canteen at lunch. I overheard durin English that she managed tae get away after break, skippin third and fourth periods. I hadnae thought tae be that sly.

As I sit doon, I wonder whit Howarth and Sonny talk aboot when I'm no there.

'Aw, here he is,' Howarth says. 'Bella Swan.'

'Who's that?'

'The girl fae *Twilight*,' Sonny answers.

'Right, well, I'm the only yin at this table who's no seen *Twilight* so I dinnae ken how I'm gettin slagged.'

'Maybe it's that *Twilight* is a modern masterpiece,' Howarth says. 'Or maybe it's cause everybody in the school kens ye're only giein blood cause ye hink Genny Wu's gonnae gie ye a blowie after.'

He sticks his tongue intae the side ae his cheek.

'And dae folk no hink it might be cause I'm a nice guy and it's a gid hing tae dae?'

Howarth considers this for a moment.

'Naw. It's definitely the blowie hing.'

I look aroond the cafeteria. Naebody's payin any attention tae oor table. I doot any ae them even ken I'm giein blood. Oor carjackin incident is basically forgotten. Everybody's on tae the new rumour that Brian Kenny foond a human shite on the Music corridor flair and he poked it wi the mooth end ae a recorder and cleaned it off on his jumper then put the recorder back in the classroom and noo naebody kens which yin's the shitey recorder.

The glass doors are heavy as I go intae the foyer ae the Albert Hall. They make a creaky *plunk* when they open.

I wasnae expectin it tae be so busy.

My heart's goin a fair rate when I spot Genevieve, her mum, and Miss Baird near the front ae the queue. Miss Baird's holdin a form, and I realise maist ae the other folk in the queue huv the same form.

I wipe the sweat fae my hands on the back ae my troosers and walk up tae them.

'Ah! Here he is' Genevieve says. 'Super sub.'

She doesnae seem annoyed aboot yesterday, at least. I gie her mum and Miss Baird as casual a nod as I can. I dinnae look Miss Baird too long in the eye cause I feel like she'll ken whit I've been up tae. She looks tired and no hersel at aw.

'Super sub?' I ask.

'I'm feelin a wee bit under the weather, son,' Mrs Wu says. 'Best I dinnae gie blood the day. But you're here tae fill in for me!'

'*Under the weather*,' Genevieve says. 'That's whit we're callin it, aye?'

Naebody makes any reference tae the fact Mrs Wu looks hungover as fuck.

'How's school been?' Miss Baird asks. 'Did you get your tutorial running?'

A warm jolt goes through me that she's remembered the tutorial.

'Aye, Miss,' I say. 'But it's no been the same, tae tell ye the truth.'

Miss Baird smiles, and the door behind her swings open, signallin the start ae the donations. At the back ae the hall, nurses are goin to and fro, settin up beds and sortin equipment. A radio's playin Heart FM.

Miss Baird hands over her form and takes a seat in the first waitin area. Mrs Wu explains why her and her daughter arnae donatin and get ushered away tae the snacks table. Then it's just me at the front ae the queue mysel.

'Dae ye have a form or a caird, sweetheart?' the lady asks me.

'Eh, naw,' I say. 'First timer.'

She gies me a form and tells me tae sit doon. Miss Baird's awready been called up. She sits in a wee booth, chattin wi a nurse. I hope she's no in a hurry.

✳ THIRTY ✳

It takes fifteen minutes tae be seen by a nurse, Liam, who checks I've answered everyhin on my sheet honestly and that I've no changed my mind aboot anythin in the last fifteen minutes. He pricks my finger and takes a sample ae blood for an iron test. It passes, though the number that flashes on the screen means nuhin tae me.

'Are you on any medications?' he asks. 'Any prescriptions?'

'Just Netflix,' I answer.

He jots some unreadable marks doon on the form.

'That's you, pal. Do you have a preference of arm?'

'For whit?'

'Which arm you want us to take the blood out of.'

'Left?'

He draws a big L at the side ae the form and sends me off tae a wife called Jemma. I can feel the wee heartbeat in my fingertip against the plaster. Miss Baird is lyin on a bed on the other side ae the hall, starin at the ceilin.

Jemma takes me tae a bed, tells me tae get comfy but no tae cross my legs. I take off my jumper and roll up my sleeve. My stomach starts tae twist and turn. I'm no sure if it's nervousness or if I should've went tae the loo afore I got in the queue.

A hand clasps my shoulder.

'First timer?' says a cheery, speccy guy. 'Billy, is it?'

'It is, aye,' I say.

'I'm Freddie.'

He begins openin different plastic packets, then slides whit looks like a water armband up my exposed arm.

'You'll feel a bit of pressure here, son.'

He inflates the armband, and it tightens aroond my bicep. Or where there's supposed tae be a bicep. I'll get intae the gym when I'm aulder. The vein at the crook ae my arm feels ready tae pop.

Another nurse comes up for a chat wi Freddie, and he continues preparin while neither ae them seem tae ken I'm even here. Then Freddie says,

'Here we go, deep breath.'

And in goes the needle. It feels like a wasp's stung me. I clench my teeth as the initial pain fades a bit and start dealin wi how uncomfy it is whenever the needle wiggles in my arm.

'Touch your fingertips together, son,' Freddie tells me.

Genevieve's at the table in the corner, helpin hersel tae teacakes and snack size Kit Kats. I look across and see Miss Baird's finishin up. She sweeps her legs off the bed, gets her handbag, then goes and sits wi Genevieve and her mum. I start touchin my fingers thigether faster.

Freddie's minglin wi two guys who sit at a separate desk, where aw the finished bags ae blood are bein checked. For whit, I dinnae ken. Maybe yer blood can get rejected. Maybe they'll look at mine, shake their heids, then chuck it intae the 'Bad Blood' bin. Maybe that's whit Taylor Swift was on aboot.

'That's you done,' Freddie says oot ae nowhere. 'Wasn't so bad, was it?'

I can barely reply when he slides oot the needle and it's no sore but some warnin would've been nice. He puts pressure on where the needle was.

'Hold that there for me,' he says, passin me the wee cotton pad. 'Nice and tight.'

I dae as I'm telt but my right arm is awready startin tae kill me fae keepin the pressure on. Miss Baird's huvin a teacake and a cup ae tea.

Freddie takes my hand off the sore bit and sticks a plaster over the wee red dot on my arm.

'Well done, Billy. Away and get yourself a juice and a biscuit. No strenuous exercise for the next twenty-four hours, so no P.E. at school.'

I dinnae bother explainin that me and my pal kidnapped a wean so we're no allowed tae dae P.E. anymair. I lift my bag wi my right arm and walk tae the snack table. Genevieve's no there but Miss Baird's still munchin away so I've got time.

Afore I can sit doon next tae her, a nurse stops me.

'Juice, tea or coffee?' she asks.

'Juice is fine, thanks.'

'Blackcurrant or orange?'

'Orange, please.'

'You take a seat and we'll bring it to you.'

Her niceness is sort ae annoyin since I'm in a hurry. I sit doon by Miss Baird, tryin tae make it look like I could've sat doon in any seat and just so happened tae pick this yin.

'How did you find that?' she asks.

'Aye, no bad, Miss. How've you been?'

She takes a nibble ae her teacake and stares intae space for a minute.

'I've been fine, Billy, thanks. I'm glad to hear the tutorials are running. I was worried they wouldn't bother if I wasn't there.'

'Naw, they're runnin, wi Edwards though.'

She doesnae correct me and make me say Mr Edwards. She just smiles. The nurse returns wi my orange.

'I'm glad ye're still aboot,' I say. 'Does this mean ye might be back next year?'

Her smile goes away and she crunches up her teacake wrapper.

'I don't think that's going to happen. I really wish I could, but... there's a lot going on right now. You wouldn't understand.'

She reaches for her bag, and hands her finished polystyrene cup tae a nurse tae be binned.

'It was really nice seeing you, Billy,' she looks aroond.

'Carole and Genevieve are at the little girls' room, tell them I had to dash off, okay? You take care of yourself.'

She turns tae go.

'Miss,' I say. 'Did ye really sleep wi Mrs Campbell's husband?'

She stops and looks back. I've seen that angry face plenty ae times in class, but never directed at me. She sits back doon and leans in close tae me. I'm close enough tae smell her perfume. It smells ae red flowers.

'Keep your voice down,' she says. 'It doesn't matter whether I did or didn't. The school, the pupils, the teachers, they all think I did. The option to stay's been taken away from me. Now please just forget about it.'

She goes tae stand up again.

'Cause if ye really did,' I say. 'Then why would him and Mrs Campbell be roond yer hoose on Saturday night?'

As I expected, she's no really got a response for that. She stutters and looks flustered.

'How do you...'

'Miss, ye can tell me. I want tae help ye. Sonny and me.'

She's rummagin in her bag and I dinnae ken whit for.

'Whatever you're doing,' she says. 'Whatever you think you're doing, you need to stop it. You don't want to get involved in this.'

'Please, tell me whit I can dae.'

'There's nothing you can do, you stupid boy!'

She pushes back her chair and it screeches on the laminate floor. She heads for the exit. I'm quick tae my feet tae go after her, but as I dae, I suddenly feel very aware that I'm doon a pint ae blood. I should've had my orange juice. My legs lose aw their strength and the flair comes up tae meet me.

✳ THIRTY-ONE ✳

'The boy's coming round.'

I open my eyes. Freddie's stood over me. So's Genevieve and her mum. I feel like I've come tae the surface after bein underwater for a day. Freddie slowly raises me tae my feet and plonks me doon in a chair. A cup ae orange juice is put in my hand. I doon it in one.

'Now correct me if I'm wrong,' Freddie says. 'But I thought I said no strenuous exercise. Folk said they thought Mo Farah had turned up.'

'I was,' I say, and my voice soonds weird. 'Tryin tae catch up wi...'

'It's okay, son. Giving blood isn't for everyone.'

Everybody's starin at me. The nurses and the folk huvin their biscuits. They're aw smug cause they didnae pass oot. They're lookin at me like they feel sorry for me. *Poor lad, couldnae even gie blood properly.* It's then I notice a wet feelin beneath me.

'Don't be embarrassed, son,' says Freddie. 'We've seen it all before.'

'Aw nut,' I say, my heart beginnin tae thud in my chest. 'I've wet mysel?'

'Well,' he says, lookin at Genevieve and her mum.

I lift a cheek fae the chair and feel suhin thicker than

pish in my pants. A paste like substance.

'I huvnae, huv I?' I say tae them, tears formin in my eyes. 'Huv I? Huv I shat mysel?'

'Aye,' Mrs Wu says. 'Ye've shat yersel, son.'

I try tae speak but cannae. The folk at the snack table shuffle their chairs away fae me and Freddie produces a curtain tae pull aroond me tae keep the smell in. Genevieve gies me a sympathetic smile and I smile back, hinkin maybe she'll no tell anybody at school. Then I realise it's only her I would've wanted tae keep it a secret fae.

My mooth's dry and my bum's wet and I sit and wait for Mum tae arrive in my Cubicle ae Shame.

I step oot the bathroom after the longest shower ae my life. The steam clears enough for me tae spot Dad waitin at the bottom ae the stair.

'You were quick up the stair,' he says. 'How come ye didnae say hiya when ye got back?'

I tighten the towel aroond my waist.

'I hink ye ken why.'

'Was it the fact ye had shat yersel, Billy? Was that it?'

'Aye.'

'And did ye hink I would slag ye rotten for it?'

'The thought crossed my mind.'

Dad rocks himsel back and forth in his chair, his hands flat on the tops ae his wheels.

'Away and huv a rest,' he says. 'I've phoned us a chippy so dinnae go tae sleep yet though, shitey arse.'

I gie him a thumbs up and walk doon the hall. I just want intae my jammies and tae stick suhin shite on Netflix. Kimberley shouts fae behind her door as I'm passin her room.

'Is that Diarrhoea Boy out there?' she says. 'Sonny's in your room. He came to check up on you and make sure you and your shitty arse are feeling better.'

I kick her door and leave it open and run the rest ae the way tae my room. I shut my door and find Sonny sittin on my bed.

'Awright,' he says. 'You were in the shower a while.'

We talk while I throw on my jammies. I dinnae bother dryin my hair properly cause I like the feel ae it on my pillow.

'My arse was caked in shite,' I say. 'As I'm sure ye've heard.'

He nods.

'Everybody at school kens,' he confirms. 'Howarth said they were tryin tae take the blood oot yer bum and the needle slipped?'

'Course he did.'

I lie doon on my bed and stare at the ceilin. The wee black floaters in my eye swim left and right.

'And hings didnae go much better wi Miss Baird,' I say.

I'm nearly blinded as Sonny's phone appears in front ae me. He's iways got his brightness up tae the max.

'Tilly text me,' he says.

The message reads:

Hey I dunno if ur fone's still no workin right lol. Just wanted to say those people came over again last night. Couldnae hear whit they were sayin this time tho lol sorry

Sonny puts his phone away and I close my eyes.

'I hink it's best no tae text her back,' I say. 'I dinnae want any mair drama. I just want tae recover.'

Sonny's trackies make a swishin soond as he stands up off my bed.

'Cool,' he says. 'Anyway, let's talk aboot the big story ae the day.'

'There's a bigger story than me shitin mysel?'

'Aye, you askin oot Genevieve.'

My eyes snap open and my pulse starts racin. Sonny's lookin at me wi that wee smile ae his.

'Whit are ye talkin aboot?' I ask. 'I didnae ask oot Genevieve. Who telt ye that?'

There's sweat across my top lip awready.

'Howarth,' Sonny says. 'But he showed me the message in his group chat. It was Genny hersel who posted it. Apparently ye woke up after ye fainted and asked her if she wanted tae go tae Frankie and Benny's wi ye and then ye fainted again.'

It cannae be true. It's no fair. I go tae my drawers and pull oot some Rightguard tae spray under my oxters.

'I dinnae remember that. Whit did Genevieve say?'

'Apparently she didnae get a chance tae answer cause ye passed oot again.'

I close my eyes again and wonder if Mum and Dad would consider homeschoolin me. That's when Kimberley comes in.

'Sonny says Miss Baird was there today,' Kimberley says. 'I knew you wouldn't give blood out of the goodness of your heart. Did you speak to her?'

I manage tae nod my heid but I'm too busy hinkin aboot Genevieve. I cannae believe I dinnae remember it. I asked oot Genevieve Wu in a puddle ae my own filth and I cannae mind it.

'And what did you say?' Kimberley presses on.

Genevieve never actually gave me a response. Maybe she was gonnae say aye. Maybe me and Genevieve'll be off tae Frankie and Benny's soon. I dunno whit tae wear on a first date.

'She was sayin she probably wouldnae be back at school,' I say. 'And that I should keep my nose oot.'

'She's right. And now you can have a clear conscious knowing you did everything you could.'

Kimberley and Sonny start a game ae *Pat-a-Cake*,

Baker's Man and increase in speed until they're a tangle ae hands and arms. I stop hinkin aboot Genevieve and remember whit I said tae Miss Baird.

'She might ken,' I say. 'We were roond her hoose on Saturday.'

Kimberley moves fast, across the room wi her hand ootstretched. A Backleg Crusher. I jump behind my wardrobe but she pulls me oot and puts her hands on my shoulders.

'How does she know that?' she demands.

'I might've let it slip,' I whisper.

She grabs one ae my pillows and starts whackin me over the heid wi it. I dinnae ken where she learned her technique but she's brutal. It's like a sleepover wi Anthony Joshua.

'You absolute tube!' she says. 'Now she's going to think we're total stalkers.'

She lifts the pillow above her heid again but Sonny grabs it off her afore she can strike.

'Now,' she says, pointin at both ae us. 'You know what happens next?'

'Eh, well,' Sonny says. 'I was hinkin maybe we could—'

'I don't think you understand me,' she takes Sonny's chin in one hand and lightly slaps him wi each word. 'What. Do. We. Do. Now?'

I ken whit she wants tae hear and I'll say it cause I ken she's right.

'Nuhin,' I say. 'We dae nuhin. We leave it alane.'

'Good boys,' she says, lettin go ae Sonny's coupon.

We aw hear the front door closin.

'That'll be Mum back with the tea,' Kimberley says. 'You joining us, Sonny?'

'Yer mum insisted,' Sonny says. 'On gettin me a sausage supper.'

The three ae us trek doon the stairs. I'm just glad Kimberley doesnae ken aboot Mrs Campbell and deid Mr Innes. She'd properly hink I was nuts if I telt her I hink Mrs Campbell might huv bumped off an auld guy.

'I can't believe Mum went for a chippy cause you fainted,' Kimberley says. 'Do you know what the vegan options are like at a chippy, Billy?'

✳ THIRTY-TWO ✳

'Cannae believe he's managed tae con a half day yesterday,' Dad shouts fae the bottom ae the stair. 'And noo a full day off no well!'

Mum stands at the foot ae my bed. They're headin oot tae dae their fundraisin for the MS Society. She's got a wee orange wristband on. Kimberley's awready left tae climb Dumyat wi her auld high school pals.

'Dinnae mind him,' Mum says. 'You take the day tae get yer strength back.'

'Whit strength did he huv in the first place?' Dad shouts again. 'Ye're needin porridge, sick boy. Wi salt.'

Mum gies me a kiss on the cheek and and shuts my door on the way oot. The front door closes a minute later.

I casually lean by the windae tae watch Mum pushin Dad intae the back ae the car then drivin up the hill. Then I get back intae bed. There's nae better feelin than bein in bed when ye ken everybody else is in school. They've got double English, I've got double lyin in my bed like a lazy bastart.

I wake in a bit ae a panic. Suhin's bangin. The front door.

I creep tae the windae and try tae see who's standin there. They're too close tae the front door tae see but there's a Yodel van in the street.

I head doon the stairs, wonderin if the driver'll hink I'm the man ae the hoose. Maybe on the night shift? The *Despicable Me* lounge pants might gie the game away, mind ye.

I open the door.

'Mornin,' says the delivery guy. 'Billy Daughter?'

I was sure it would be for Mum or Dad, or even Kimberley. I've no ordered anyhin off Amazon this week as far as I ken. But then I dinnae remember askin oot Genevieve so I cannae be sure ae anyhin at the minute.

'Aye,' I say, daein a wee scribble on his tablet. 'D'ye ken whit it is?'

I take the package off him. No much bigger than a DVD and no much heavier either.

'I ken how ye can find oot,' he says.

'Open it?'

'Clever lad. Should you no be in school?'

'Off sick.'

'Big test the day?'

'Suhin like that, aye.'

The guy whistles as he walks back tae his van. I rip open the parcel and turn it upside doon. A USB stick and a note fall oot.

'Another fuckin USB stick,' I say oot loud.

I huv a look at the note. It's been typed so I cannae inspect it for handwritin. It says:

MISS BAIRD ISNAE THE PERSON YE HINK SHE IS
WE'D AW BE BETTER WI HER GONE
STOP MEDDLIN IN HINGS WHICH DINNAE CONCERN YE

I bring my laptop doonstair and stick the USB in. Just like the last yin, there's only one audio file. I imagine this is the work ae Sair Throat. It must be somebody that was in that detention, that's been workin wi Mrs Campbell. He must've known Mrs Campbell was gonnae slap Miss Baird, that's how he was able tae record it.

I open the file. The recordin is ae two folk talkin. One ae them's Miss Baird. The other, I cannae tell. The voice has been altered like one ae they ex-SAS guys ye see gettin interviewed on the telly. I listen tae it aboot a dozen times in a row until I'm moothin along wi the words.

Miss Baird: *I know I said I would, but isn't there another way? I don't think I can.*

Unknown: *You gave me your word, Jen. This isn't the kind of thing you just go back on.*

Miss Baird: *I'm sorry, I don't think I can.*

Unknown: *Think of the money. You need it, I know you do. You'll have enough to set you and Tilly up somewhere nice.*

Miss Baird: *We'll get by, we've been getting by. We'll get another loan.*

Unknown: *No, you won't, Jen. You don't even need to see him. You go in and change the bottle. You won't even meet him.*

Miss Baird: *I don't think any person deserves this.*

Unknown: *He does. He left his son when he was just a boy. Never shared a penny with him, left his mum to raise him herself. He's scum. He deserves this. Getting old doesn't erase your sins.*

Miss Baird: *But isn't he close to the end anyway?*

Unknown: *Not close enough. He knows who I am now. We need to move fast. I can't do it. You know I can't do it. You told me you would do anything for Tilly, and the money to get her somewhere new. Too many memories in that house, you said.*

Miss Baird: *I just… I think she always sees her dad in that house. Every time she comes home from school, there's a part of her waiting for him. It's silly—*

Unknown: *It's not silly. You deserve a fresh start. After it's done you'll go far away. I know you're going to help me here.*

Miss Baird: *I'll do my best.*

Unknown: *That's not good enough. I need to know you can do this. You can do it, can't you? Jen? Tell me what you're going to do.*

Miss Baird: *I'm going to swap the pills when he's at the physio.*

And that's where it ends.

I've summoned Sonny roond tae see whit he hinks. I dinnae tell him whit I suspect. I want him tae come tae the same conclusion himsel. He arrives after we've finished oor tea.

'Evenin, Daughters,' he says tae the full livin room.

'Hiya son,' Mum says. 'Did ye get yer tea at hame?'

'Aye. Mince and tatties.'

'That's nice. Does yer mum put carrots and onions through her mince?'

'I'm no sure.'

'I'll need tae phone her and let her ken how I make it. Dae ye want a wee scone tae keep ye goin?'

'He's full, Mum!' Kimberley jumps in. 'Right, come on, you two. I've been practising FIFA, I think I can show you a thing or two.'

She powers past us and she's reached the top ae the stair afore we can question the fact that she's no picked up a game controller since Spyro on the PS1. We trundle up behind her.

'How was yer day off?' Sonny asks.

'Eventful,' I answer. 'Folk still talkin aboot me shitin mysel at school?'

'Naw.'

'Really?'

'Naw.'

Kimberley sits hersel doon at my desk.

'Since when did you play FIFA, Kimberley?' Sonny asks, grabbin a controller. 'Will we dae random teams?'

Me and Kimberley dinnae pick up controllers. Sonny's warmin up his thumbs when he comes tae a realisation.

'Wait,' he says. 'They've got female teams in the new FIFA, we'll play as them!'

He turns on my telly but I switch it back off.

'Sorry, Sonny,' Kimberley says. 'That was a cover. Daughter says he got something in the post today and he wouldn't let me see it until you got here.'

'Aw,' Sonny says. 'But maybe a wee four minute a half game later?'

I tell them aboot the delivery. Then show them the note. Then play the recordin. Then play the recordin a few mair times. Then we aw sit for a few quiet minutes tae take in this development. The only soond is Sonny movin the analogue sticks on the controller.

'Billy,' Kimberley says. 'What the actual fuck.'

She clicks tae start the recordin again. Then my laundry basket is thrown oot the way by my door bein opened. It's Mum.

'There was suhin behind this door,' she says. 'Did ye ken that, Billy?'

She's got a plate full ae biscuits: Blue Ribands, Caramel

Wafers, even an unopened packet ae Jaffa Cakes that'll still be nice and soft.

'Thought you three might need a wee biscuit,' she goes on. 'Tae keep yeese goin.'

I realise the recordin is still playin and yank oot the USB stick. The sudden silence is noticeable, even tae Mum who's collectin empty glasses fae the side ae my bed.

'Thought yeese were playin yer game?' she asks.

'We've changed our minds,' Kimberley steps in tae save the day. 'I'm taking them out, is that alright?'

'Where are we goin?' Sonny asks.

'Aye, where are yeese goin?' Mum says.

'We're going bowling,' Kimberley says, takin us both by the hands like we're weans. 'Better than FIFA anyday. Come on, boys.'

My sister's deceptively strong and I dinnae ken aboot Sonny but it feels like my shoulder's aboot tae pop oot the socket as she drags us across my room. I manage tae pinch a couple ae biscuits fae Mum's plate and pass yin tae Sonny.

'Dinnae be late,' Mum shouts after us. 'Mind Billy's doon a pint ae blood.'

'Och, Mum,' I say. 'It'll huv replaced itself by noo.'

'Ye're no a blood expert, Billy!'

❋ THIRTY-THREE ❋

We cross fae King Street tae Baker Street, and Kimberley goes over the rules again.

'Be natural,' she says. 'I know the woman who runs Fanny Rae's, she won't mind as long as you're quiet and out of the way. But don't run upstairs straight away, it'll look obvious. Come to the bar and I'll get the round in.'

'I still hink we'd be safer goin tae the bowlin,' Sonny says.

Kimberley wants a pint and she's informed us Fanny Rae's is the cheapest place in Stirlin.

'Whit if we get ID'd?' I ask.

'You won't get ID'd. I know everyone in there, and it's a Tuesday night. Have you two never tried to get served anywhere?'

I huv a flashback tae the guy at Kilted Kangaroo tellin me tae try another day afore I grassed up Genevieve. And that was afore I shat mysel in front ae her.

'Naw,' I answer. 'Never tried.'

'I got served once in Spoons,' Sonny says.

'Sonny, I telt ye, J₂O isnae alcohol.'

'Daughter, it's the same hing as VK. It's aw a marketin ploy tae confuse folk!'

I look intae Spoons as we go by. The doonstairs is

pretty deid, just a few auld guys at separate tables readin the paper. Then Brewdog, which is full ae big, burly guys wi beards, and wee skinny guys wi beards.

Kimberley leads us intae Fanny Rae's and I hope it doesnae look like we're here on a school trip. The pub's warm and dark and maist ae the light comes fae the beer taps. We squeeze through a few bodies near the bar tae get served. Kimberley leans over while Sonny and me try and look casual.

'Chrissy!' Kimberley calls. 'They still let you run this place?'

'Kimbo!' the lady shouts, leanin over the bar tae hug Kimberley.

They stay in each other's arms for a few seconds. This Chrissy wife's got a tattoo along the fleshy part ae her hand that says *love is love*.

'*Don't worry, Chrissy,*' she says, mimickin Kimberley. '*I'll still come back to the pub once I'm at uni, Chrissy. I could never stay away from this place, Chrissy.*'

'I don't remember saying any of that,' Kimberley replies. 'Don't give me that look! I only worked here one summer.'

A blast ae steam comes fae below the bar and Chrissy starts emptyin roastin hot glasses oot ae a dishwasher.

'Maybe I'm thinking of someone else who abandoned me,' she says, eyein up Sonny and me. 'These two with you, Kimbo?'

She loops her arms through oor arms.

'Yes, Christine. These are my companions for tonight. My brother and his pal. They'll stay out of the way, don't worry.'

'See they do. What are you having?'

Kimberley looks over the beer taps thoughfully, and I'm surprised that Tennent's doesnae seem tae be there. I thought it was against the law for a pub in Scotland no tae huv Tennent's on tap. A guy at the bar bumps intae me and doesnae apologise and I scoot closer tae Kimberley.

'Moretti for me,' she says. 'Lads?'

'I'll huv whit she's huvin,' Sonny says.

I stick up three fingers, and Christine grabs three ae they fancy beer glasses ye usually see in adverts. Kimberley pays for the pints and tells Christine she'll catch up wi her later.

We weave a route tae the wooden staircase and creak oor way up. The upstair looks like somebody's livin room. We take the table furthest up the back, next tae the kitchen which seems tae be shuttin up shop for the night. There's an odd lamp here and there but save for them it's grim and dark.

'This is like the tavern fae fuckin *Shrek*,' I say.

'You're hinkin ae *Shrek 2*,' Sonny corrects me. 'When Princess Fiona's dad goes for his secret meetin wi the fairy godmother.'

'Ye sure there's no a tavern scene in the first yin?'

'Naw, I dinnae hink so. They're on the road the whole ae the first yin. Remember Donkey even sings—'

'Lads,' Kimberley cuts us off and Sonny and me take oor first sips ae oor pints. 'I really, strongly feel this Shrek conversation could be saved for a later date. Like years after I've died. Now, the recording. Who do we think sent it?'

I swirl the beer in my glass in a circle. Dad says it keeps the heid on the pint longer.

'I hink it's Mrs Campbell,' I say, and it feels like a weight's been lifted, sayin it oot loud. 'Or somebody that was in the detention we missed that's workin wi her. Same goes for the first recordin.'

'What makes you so sure about it?'

I reach intae the back ae my troosers and pull oot the dog-eared copy ae the *Stirling News* Shona gifted me aboot three weeks afore. I hand it tae Kimberley and she looks a bit disgusted it's been doon my breeks.

'This is the guy they're talkin aboot in the clip,' I say. 'He had a load ae money, so that's yer, eh, whit's it called?'

'Motif,' Sonny suggests.

'Aye, motive And Sonny goes tae visit that care home aw the time, don't ye, Sonny?'

He nods, and sooks a mouthful ae froth fae the top ae his pint.

'Mrs Campbell used tae visit him,' Sonny says. 'She

must've known he had money.'

'Sonny says they had an argument,' I take over again. 'The auld guy telt Mrs Campbell she wasnae gettin any ae the money. Then she killed him afore he could take her oot his will.'

A Fanny Rae's chef exits the kitchen and walks by oor table.

'So, she wanted this old man dead,' Kimberley says. 'Because he was about to take her out his will, and she paid Miss Baird to do it for her?'

'It aw makes sense, eh?' I say.

I wasnae actually sure it did aw make sense, but noo Kimberley's considerin it and no tellin me I'm a bampot it seems like maybe I'm right.

'We can't be sure yet,' she says. 'We don't even know if Mrs Campbell is definitely named in the will. But I still don't understand where Miss Baird sleeping with her husband comes into it?'

'I dinnae hink Miss Baird did sleep wi him,' I say. 'Mrs Campbell knew Miss Baird was huvin second thoughts aboot the plan so decided tae embarrass her so much she'd need tae leave.'

The music cuts oot and an acoustic guitar starts tunin over the PA system. A singer introduces himsel and says he's gonnae be playin for the next three hours.

'But you heard the recording,' Kimberley says. 'Mrs Campbell tried to make all the kids keep quiet about it.'

'Come on, Kimberley.'

'Aye, come on, Kimberley,' Sonny backs me up.

I've no telt him the full story yet but I appreciate him backin me up. I notice that he's drinkin his pint at the same speed as me so it's exactly level wi mine.

'She knew it would look mair believable if she tried tae cover it up. I'm sure she didnae hink the bams in detention would be stupit enough tae actually believe she could change grades and keep this big a secret. That's why she got Sair Throat tae dae it. She wanted foond oot.'

Kimberley folds the paper over and slides it back tae me. I stick it back in my troosers and it feels supportive against my lower back.

'You're guessing at a lot of this, Billy. And what does *Sair Throat* even mean?'

'It's just… a nickname. Anyway, this is the story I've come up wi. If you've got a better yin I'll gladly listen.'

Kimberley takes a sip ae her pint, and I notice she's drunk aboot two thirds ae it, puttin Sonny and me tae shame.

'It's plausible,' she says. 'Why do you think she sent you this new clip today? She's changed the voice, but surely that's a dangerous move on her part?'

'I'm guessin she hinks we're no clever enough tae figure it aw oot,' I say. 'And she doesnae ken we ken aboot Mr Innes. We can only be sure aboot Miss Baird's voice.'

A group ae girls walk past us tae the loo. Sonny smiles

at them and they smile back at him and I wish it was that easy for me.

'She's trying to scare you,' Kimberley says.

'It's no gonnae work,' I say. 'She's as well as admitted she did it, noo. We just need tae prove it.'

Kimberley finishes her pint and points at mine, giein me the look that says *are you gonnae drink that?* and afore I can answer she's slid it over tae hersel.

'Boys,' she says. 'If you prove they did this, it's likely Miss Baird'll never get near another school in her life. It's almost certain she'll go to prison and her daughter will end up god knows where. You'd need to be okay with that.'

I've no even thought aboot how we're gonnae get hame fae the pub the night, and here's Kimberley skippin ahead tae a trial and Tilly Baird's life bein broken apart.

'I dinnae want a wee girl tae lose her mum,' Sonny says.

'Neither dae I, pal.'

'But if she helped kill somebody...'

I look aroond the room at the few other groups ae folk up here, laughin and chattin away and probably no talkin aboot murders and conspiracies and that. Lucky bastarts.

'We understand, Kimberley,' I say. 'But we're no goin tae the polis till we've definitely got proof Mrs Campbell was involved. Miss Baird's no takin the full blame for this.'

Kimberley tans my pint and pushes the empty glass back tae me. I used tae worry aboot her away at uni in Glasgow, but on this performance, I dinnae hink I need tae.

'Right, we need to catch a murderer,' she says. 'So, get the round in, Billy. Why do murderers usually get caught?'

'Someone finds the murder weapon?' Sonny suggests.

'It was pills, Sonny, so not really applicable here, but you're on the right lines. We need something that shows she knew Mr Innes was going to get killed, or helped plan it. This recording without the voice masking would be brilliant.'

'I've nae money,' I say.

'What?'

'For a round. I've nae money.'

'Don't you have a weekend job?'

'Naw…'

Kimberley throws her hands up in the air.

'That's typical,' she says. 'Mum and Dad made me get that job at B&M in fifth year, every bloody weekend til half eight at night! And I was doing shifts in here last summer. But of course golden boy Billy doesn't have to.'

My phone, sittin on the table, vibrates on the sticky surface. It's a message fae Sair Throat. A multimedia yin that's takin ages tae load on the crappy data connection

I've got in the pub. Afore the picture reveals itsel, a follow up text comes in:

Back off, or I'll kill her.

I hold my phone in the middle ae the table so Sonny and Kimberley can read tae. The picture finally loads. It's a photie ae a girl standin at a bar, in whit looks tae be a dark club. It's Genevieve.

✳ THIRTY-FOUR ✳

'Whit the fuck,' I say.

Kimberley grabs the phone fae me and has a closer look. A woman collects oor empties and I jump at the soond ae the glasses clackin thigether.

'That's The Cherry,' she says. 'You can tell from the sick on the bar.'

'And is that fae the night?'

'Would make sense. Cheesy Tuesday's.'

'But she's only sixteen,' Sonny comes in wi. 'How'd she get in?'

Kimberley rolls her eyes.

'She probably walked up to the entrance, Sonny.'

I wait for Kimberley tae say we need tae get a move on. That we need tae go and help Genevieve cause she's clearly in trouble. But she doesnae.

'We need tae go tae The Cherry then,' I say.

'Do you really think there's someone in The Cherry about to kill Genny?'

I stand up and gie Sonny a nudge and he stands tae. Kimberley sits at the table, shrugs and slides Sonny's pint over tae hersel.

'I want tae go and make sure she's awright,' I say. 'Surely ye cannae hink that's a bad idea.'

Kimberley takes the coaster from under the pint and places it on the edge ae the table.

'I think it's a bad idea,' she says.

'How?'

She starts flippin the coaster and tryin tae catch it wi the same hand.

'You're not going to get in, for one thing.'

'We'll cross that bridge when we come tae it.'

'This club has a bridge?' Sonny asks. 'That's so cool.'

The coaster lands on the flair and Kimberley reaches doon tae get it.

'It's a waste of time,' she says. 'No one's after Genevieve.'

'Who took the photie then?'

'I can't explain that,' she says, demolishin her third pint ae the night. 'Listen, Genevieve's not going to fall in love with you for trying to rescue her in the middle of The Cherry.'

I put my arm under hers and gradually lift her tae her feet. She's got her finger through a hole in the table and is wigglin it like a worm. Her and Sonny laugh.

'We're goin tae The Cherry,' I say. 'And you're comin tae.'

'I am?'

'Aye. I dinnae like tae hink whit Mum'll say if ye arrive hame withoot me.'

We take a right ootside Fanny Rae's and climb whit's left

ae the hill tae get tae The Cherry. There's lassies up ahead queuin at a bank machine. I try no tae stare as we pass.

'Yes, yes, the girls are very pretty,' Kimberley says, puttin her hair up intae a whit I believe is a messy bun. 'There'll be plenty of time to get rejected off them when you're older.'

Kimberley leads us across the road and we follow the stream ae folk goin intae the gap between two hooses. People and taxis fight for space on the wee road that curls roond intae a tiny car park in front ae the club. Kimberley stops us at the main gates.

'Right, after we go through the gate,' she says. 'The bouncers can see us and we can't be whispering and working out our stories. This might not work, but if the bouncers leave the door, walk in like you've been here a million times. Once you're past the main door, that's you in.'

'I'm no sure I want tae dae this,' Sonny says, touchin his fingertips thigether as if he's tryin tae keep the blood flowin. I squeeze his arm. We cannae huv the two ae us faintin within as many days.

'It's fine, mate,' I say. 'We either get in, or we walk away. They cannae phone the polis on us for tryin.'

Kimberley leads us through the gate, and as we discussed in the pub, Sonny and me hang back. She gets intae the queue and we let a couple ae folk get ahead ae us afore we join at the back.

She's almost at the front and I still dinnae ken exactly whit's she's aboot tae dae. She just said she'd *think of something*. Two big booncers wi shiny patches on their shoulders guard the door. Whenever somebody comes ootside for a smoke, there's a wee blast ae thumpin music afore the door closes over again. Folk that huv awready been in skip tae the front, show their stamps and go back in.

A young woman walks by wi glitter painted roond her eye like a sexy Mike Tyson.

'Jeezo, you two are young,' she says tae us. 'Feel like I'm in a fuckin crèche.'

Kimberley reaches the front ae the queue. Suddenly she seems drunk and reaches oot her hand tae lean on one ae the booncers. She clumsily opens her bag one-handed, lookin for her ID. The couple in front ae us huv their green and pink cairds in their hands. The other booncer calls them forward while his pal deals wi Kimberley.

'I dinnae even huv a provisional tae show them,' Sonny whispers tae me.

'Just dinnae get yer Young Scot caird oot,' I reply.

Kimberley drops her bag, spillin receipts and various bits ae make up go rollin intae the unlit corner on the far side ae the door.

'Oh god,' she says, loud enough for everybody ootside tae hear. 'What am I like!'

She then stumbles, landin on her hands and knees. Some folk cheer. I go tae help her, but Sonny holds me back and the booncers get there first anyway. They both leave the door tae help her up and gather her stuff.

The couple in front ae us are too busy starin at Kimberley that they dinnae notice the unguarded door. Sonny's mair alert than me and he pulls me forward, through the doors and intae the outer room. I look back as the door closes. Kimberley's back on her feet with an arm over each ae the booncers' shoulders. She turns her heid and winks at me.

'Your sister's a genius,' Sonny says. 'Nae wonder she got intae Glasgow Uni.'

We're in a room that looks like the inside ae a disco baw, and smells like a new couch that's been dipped in lager. There's another queue here.

'I've lost my fuckin ticket, man,' says a loud voice. 'Are ye tellin me I'm no gettin my jaikit back just cause I lost my shitey wee ticket? It's your fault for makin it so tiny! Youse wanted me tae lose it!'

The lady at the desk doesnae seem fussed. She pulls oot a walkie-talkie and speaks intae it. I take an executive decision that we'll keep oor jackets on and lead on. We go through the next set ae doors and the music gets louder.

I hand over the tenner Kimberley gave me tae the staff member sittin in the wee alcove afore the main hall. I take the change then walk towards the last door afore we're in the club proper. My hand's on the handle when the guy calls us back.

'Hey,' he says. 'Hang on a minute.'

Sonny and me lock eyes.

'We'll only be a minute,' I say, openin the door.

'Please dinnae phone the polis,' Sonny says. 'I dinnae want tae see my uncle.'

The employee catches us afore we can go through.

'Put your hands out,' he says.

'Aw god,' Sonny says. 'No the handcuffs. Please, we'll no struggle, just nae handcuffs.'

The guy smiles and pulls Sonny's arm, then stamps his wrist. It leaves behind an inky smudge which just aboot looks like a cherry. He does mine next then goes back tae his booth.

'I'll save the handcuffs for next time,' he says.

I pull open the heavy door. Sonny goes through first, then I follow. *A Little Respect* by Erasure is playin. The music hits ye like an Audi driver that finds ye stealin his dusties, and there's folk everywhere. Men and women goin tae the bar, goin tae the toilet, goin ootside, goin tae the danceflair, goin back tae their tables. Maist folk huv at least two drinks, if they're no drinkin blue stuff oot a literal fish bowl.

My phone vibrates wi a text fae Kimberley:

Guess what, I didn't get in. Hurry up and find her, I'm at Fanny Rae's when you're done.

✳ THIRTY-FIVE ✳

I tap my temple and Sonny follows me further intae the club. Everybody else seems an expert at weavin through the crowds but I'm bumpin intae maist folk, or huvin tae gie way tae them cause they're carryin an obscene amoont ae drinks. I catch my reflection in the mirrored wall. I look back at mysel like *whit are you daein here mate?*

We reach the DJ booth, which looks doon on the danceflair. *Hot N Cold* by Katy Perry comes on noo and the speakers seem tae be everywhere. Folk cannae even dance properly cause there's literally no a sliver ae space tae squeeze intae. I scan over the swarm but cannae see Genevieve.

A few guys are stood next tae us tryin tae get the ear ae the DJ. She's fiddlin wi her laptop, movin buttons up and doon.

'Here, pal,' a guy in a tight V-neck shouts, tappin her on the shoulder. 'Can ye stick on the *Chromeo* remix ae Green Light by Lorde?'

She pulls her heidphones off.

'It's Cheesy Tuesday, mate,' she tells him.

'Aw, I see,' he replies. 'I'll huv *C'est La Vie* by B*Witched then.'

Sonny leans in and yells in my ear.

'Should we go doon there?' he points tae the packed danceflair.

I shake my heid. I cannae imagine it'd be any easier findin her doon there. I look up and see a higher level, where folk are leanin over the railins. The VIP area wi a bird's eye view ae the place. I point over tae the stairs.

'VIP?' I shout at Sonny.

'Naw,' Sonny replies. 'I went for one in Fanny Rae's.'

A tattooed guy wi a camera passes and asks if we want a picture. Afore I can say naw, Sonny's put his arm aroond me and the flash goes off.

'You're tall,' the photographer says tae Sonny wi a smile.

'Cheers,' Sonny replies. 'You're average height.'

I grab Sonny and drag him towards the stairs. A booncer guards them tae stop non-VIPs like us gettin up there. But this time we've no got a Kimberley tae get rid ae him. He's giein us a look that says he kens we're no allowed upstairs.

'Some night, eh?' I yell at him.

His expression doesnae change. He's got a white shirt on and I can see the rug ae chest hair under it.

'Let's see yer VIP stamps,' he says, then gestures tae his wrist.

I show him the stamp we got on the way in.

'That's yer entrance stamp,' he says. 'Ye need a VIP

stamp tae get upstairs.'

I look over tae Sonny, hopin he'll jump in at any point. He's too busy bobbin his heid along tae *Obviously* by McFly and takin in the new sights and smells.

'Funny hing is,' I tell the boocner. 'I did huv a VIP stamp. I was, eh, kissin this lassie, on the mooth and that, and then she got aw over-excited and... licked my stamp off.'

He looks a combination ae angry and disgusted.

'She licked yer wrist?'

'She did, aye.'

'Whit aboot his stamp?' he says, pointin at Sonny.

'She, eh, licked his off as well. Ye ken whit these Stirlin lassies are like.'

Just then, tae the right at the stairs, a fight breaks oot in the gents' toilet. The door flies open tae show an attendant holdin a man by his armpits as he struggles tae get free.

'I wasnae daein drugs in the cubicle,' the man says. 'I'm a nervous pee-er!'

The attendant passes him tae the boocner who puts him in the same hold and starts leadin him tae the exit.

We dinnae waste any time and head up the stairs. Oor pace is slowed by aw the spilled drinks and my trainers slip on ever other step.

We reach the top, where's there's finally room tae breathe. The bodies up here are scattered, and a couple ae staff members look bored behind a smaller bar which seems tae be mainly sellin cans ae Fosters.

'Can ye believe it?' Sonny says. 'Me and you, in the VIP at The Cherry. Might see some celebrities.'

We lean over the railin. I dae a slow sweep ae the danceflair, inspectin the face ae every person doon there. I'd feel like a bit ae a perv, except there's at least half a dozen other guys daein the same hing so I dinnae stand oot.

'See her?' Sonny asks.

I shake my heid.

'You?'

Sonny shakes his heid.

'That's Niamh,' he says, pointin vaguely intae the fray. 'Fae sixth year. She might be wi her.'

I find where he's pointin. Niamh's on the far side of the danceflair.

'Let's go and ask her.'

We turn aroond tae go back doonstairs and somebody bumps intae my shoulder.

'Sorry,' I say.

The somebody's a young woman, wi her tongue deep in some guy's mooth. She breaks off the kiss tae turn and look at me. Both her and the guy look gone behind the eyes. I dinnae recognise him. But I dae recognise Genevieve.

'Daughter!' she yells, puttin her arm aroond me. 'And

Sonny!'

She puts her other arm aroond him and pulls us in for a hug. I make eye contact wi the guy she was kissin. He doons his drink and chews on the ice while he stares at me.

'Are yeese huvin a gid night?' she asks, goin back tae stand wi her winchin partner.

I cannae even form a sentence. Sonny leans forward and says suhin in her ear.

'Whit huv ye got tae show me?' she asks.

My hand goes tae my pocket, but I pause afore I take my phone oot. I'm startin tae feel a bit strange. The music seems louder, like it's whackin off my heid. I cannnae stay here. I need oot. Genevieve's clearly fine. She doesnae need me. I cannae believe I thought she needed me.

I tap Sonny on the shoulder and point towards the exit. I gie Genevieve a smile and a wave as I walk away and go doon the stairs. I want tae turn back aroond but I cannae look at Genevieve wi that guy again. I cannae.

'Daughter,' a voice shouts. 'Daughter, where ye goin?'

Folk are gettin in my way every step I take. I dinnae look back tae check Sonny is behind me. I just need oot. I want away fae the smell ae sweet drinks and fog and folk lookin at me like I shouldnae be here. I only had half a pint, this isnae fair.

The booncer at the bottom ae the stairs doesnae question how I got up there as I pass him. I manage tae get in behind a big group headin for the exit tae.

'Who's sharin a munchie box wi me?' one ae them says.

I continue through the last set ae doors and intae the fresh air. I walk through the outer gates and find a wall tae lean on. There's nae sign ae Sonny.

A gid pal would go back in and find him. A gid pal would go in even if it meant seein Genevieve gettin off wi that prick again. I suppose I'm no a gid pal.

There's folk aboot smokin, squattin, cryin.

'It's shite in there tonight,' I overhear one lassie say. 'It's full ae the locals.'

I go tae the darkest corner I can find, as far away fae anybody else I can get. The rough stone ae the walls feels like glass on my hands as I lean against them and dip my heid doon.

My stomach tenses up. My chest and throat tighten as the sick erupts oot my mooth and splutters on the groond. It feels like my insides are gettin bruised wi every batch ae spew that fights its way up. Stringy slevers hang fae my mooth, drippin intae a pile ae stuff which must've been my tea. There's another sharp contraction but nuhin comes oot this time.

'Ye awright mate?'

It's no Sonny's voice. I glance behind me. It's Cammy Reid.

'You…' I manage.

He pats me on the back.

'Ye huv tae pace yersel, Daughter,' he says. 'Whit ye been drinkin?'

I snort the fluid in my nose tae the back ae my mooth, feelin a few bits ae solid food passin through my heid. I spit at the groond.

'Was it you?' I ask him. 'Was it you takin photies ae Genevieve?'

He undoes the top button ae his Fred Perry polo and scratches at the gold chains on his neck.

'Whit?' he says. 'Whit photies? Are you on suhin? Can I huv some?

I dinnae see Gavin Gilmore anywhere so I jab Cammy in the chest.

'Admit it,' I say. 'You're Sair Throat.'

His chest is solid and I pull back my finger in case he tries tae break it off. Cammy's eyes narrow.

'Ye're on a bad yin the night, Daughter,' he says. 'Ye got someone wi ye?'

Fae naewhere, Sonny appears by Cammy's side.

'There ye are,' Sonny says. 'Aw, awright, Cammy.'

They shake hands and I lean over again cause it feels like another whitey's on the way.

'Get him up the road, eh, Sonny?' Cammy says.

'Will dae,' Sonny says. 'You headin back in?'

'Aye. My brother's a booncer here so I get in nae bother. Watch oot though, apparently there's some lassie goin aboot lickin folk's wrists.'

Then he walks away, back towards the club, back towards Genevieve. It's no my job tae stop him anymair.

Sonny helps me stand up straight and sorts oot the collar ae my jacket.

'I telt Genny tae stay safe the night,' he says. 'Let her pals ken where she is and that.'

I stare at the pile ae sick I've created and hope rain's forecast.

'Cheers, mate,' I say. 'I just couldnae stay in there any mair.'

Sonny's arm curls roond my shoulder and we head towards the main road.

'I understand,' he says. 'No everybody can handle the *Cha Cha Slide*.'

✳ THIRTY-SIX ✳

'We're shut.'

I knock on the door again.

'It's Kimberley's brother,' I say tae the Fanny Rae's door.

There's a metallic click as the door unlocks and Kimberley appears.

'See you soon, Chrissy,' she shouts back intae the pub.

She speeds right by us and starts walkin doon the hill.

'Come on,' she says. 'Taxi time. Who knows what I'll tell Mum.'

We jog wi oor hands in oor pockets tae catch up wi her, which makes my stomach ready for roond two. The taste ae sick in my mooth lingers. It's the first time I've spewed since swimmin in primary six when James Kennedy did a cannonbaw right next tae me and I swallowed half the pool then brought it back up.

'Will yer mum be worryin?' I ask Sonny.

'I've texted her,' he says. 'I said we were stayin up at yours tae watch the wrestlin.'

'Is there wrestlin on?'

Sonny shrugs.

'My mum's no gonnae ken, anyway.'

He smiles at me and I smile back but I dinnae mean

tae. That isnae Sonny. Sonny doesnae lie. Whit am I daein tae the boy?

The Stirlin taxi rank's recently moved fae one side ae the road tae the other, cause they've made Murray Place intae a one-way system. My mum talked aboot it for weeks.

We pile intae the back ae the taxi at the front ae the queue.

'Maurice Avenue, please,' Kimberley tells the driver. 'We can walk from there, Billy. So, what did you say to Genevieve?'

It takes me four efforts tae get the seatbelt tae click intae the wee receiver bit buried halfway under the leather ae the seat.

'Aw,' I say, like it's nae big deal. 'She must've left. Couldnae see her anywhere, could we, Sonny?'

'Naw,' he backs me up. 'She must've pulled or suhin.'

'She didnae necessarily pull.'

'Probably did, though.'

'But no definitely.'

'Pretty likely.'

'Maybe no.'

'If I was bettin on it…'

'Aw aye, I forgot they dae that market at Ladbrokes noo.'

'Shut up, you two,' Kimberley says, her heid bumpin against the windae as she tries tae get comfy. 'What business is it of yours if she did pull? You'll just need to show her the photos tomorrow at school.'

'Aye,' I say. 'Cannae wait.'

The driver's air freshener jiggles as we come off the Craig's roondaboot and pass Waitrose. The streets oot the windae are orange and black.

'Where'd ye learn tae act drunk like that, anyway?' I ask Kimberley.

She's got her eyes closed. The streetlights streak across her face every few seconds.

'Years of experience.'

I ken I should leave it there, but it's been that kind ae night.

'Ye dinnae really get in states like that, though, dae ye?'

Her heid peels itsel off the windae and she leans it on my shoulder instead.

'Am I not allowed to get drunk?'

'Aye, but no like… *that* drunk.'

She fidgets wi the hairband aroond her wrist. It looks like a see-through telephone wire.

'I don't mean to shock you, Billy, but sometimes I do get *that* drunk. Just like you'll get *that* drunk, and Sonny'll get *that* drunk. And everyone who's ever had one too many will get *that* drunk.'

'I willnae. And you shouldnae.'

She sighs a sigh that lets me ken a lecture's comin. I

swear she could be one ae they TED folk that spiel off a bunch ae nonsense for thirty minutes.

'I know you mean well,' she says, pattin my face. 'But the reason you don't like it is because I'm a woman and you've had it ingrained in you that there's some ladylike way I should behave.'

'There's nuhin ingrained in me. And ye're tryin tae say bein steamin oot yer tree *is* ladylike?'

She takes her heid off my shoulder and turns tae look at me.

'I don't give a flying fuck if I'm ladylike or not! Men don't care about being gentlemanly when they're getting shitfaced and spewing outside clubs, so why should I?'

I dinnae ken whit tae say so I stare oot the windae on the other side and when my reflection looks back I hope it doesnae huv any sick aroond its mouth.

We're passin the B&Bs just afore toon noo. A wife's voice speaks over the driver's radio. *Pick up at City Walls goin tae Cambusbarron.*

I feel a presence in front ae my face and I realise Kimberley's tryin tae stick her finger up my nose. I whack it away and we both laugh. Then Sonny laughs cause we're laughin.

'You and Sonny,' she says, soondin half asleep. 'You're two of the good ones. Don't let yourself down with backwards views about women. I mean, going through all this to help out Miss Baird. What did she do to deserve you guys?'

'Well,' Sonny says. 'She—'

'Shoosh, Sonny,' I say.

'But I was just gonnae tell her—'

'Naw, leave it.'

'Maybe I dinnae want tae leave it!'

I'm no used tae that level ae assertion fae Sonny and it shuts me up.

'Aboot a year ago,' Sonny begins. 'We were in English wi Mr Naismith. Somebody wrote "POOF" in big letters on the front ae my jotter.'

The driver takes the left exit at the roondaboot and we're almost at Sonny's street.

'And Daughter says, "*Look Mr Naismith, somebody's did it tae mine tae.*" And he puts his jotter up in the air and POOF's written on his in huge letters as well.'

The driver sticks on the indicator tae turn intae Maurice Avenue.

'He wrote it on there himsel so I wouldnae be as embarrassed.'

'Ye've nae proof ae that,' I say. 'I never admit—'

'I ken ye did, Daughter,' Sonny says. 'Dinnae deny it. Please. I mean, I would've survived if ye hadnae, but I was really glad ye did. It was one ae the nicest hings anybody ever did for me.'

The taxi rolls tae a stop ootside Sonny's. We're sittin in silence, wi just the engine tickin away. Kimberley's got a tear in her eye.

'Calm doon, Kimberley,' I say.

'Aw, but Billy!' she says, dryin her eyes. 'You're... aw, you two are my favourites. But how does that explain why you're doing all this for Miss Baird?'

'He can finish the story another time,' I say. 'Sonny, away in tae yer bed afore yer mum phones the polis.'

✳ THIRTY-SEVEN ✳

In some form ae minor miracle, my parents were asleep when we got back. Me and Kimberley got tae oor beds sharpish, and by the time I got up this mornin, she'd awready convinced them we came back in at aboot midnight. She sat fieldin their questions over breakfast while I munched on my Weetos.

'Whit time's the bowlin open tae?' Mum asked.

'Eleven, but the walk home took a while.'

'And how many games did ye bowl?' asked Dad.

'Four. I won three out the four.'

There's nae way Kimberley could beat me at bowlin but I couldnae exactly argue the point. A text came in fae Sonny confirmin his mum was happy wi the wrestlin story, but noo he's worried he's gonnae get nuhin but wrestlin stuff for his Christmas.

'Ye cannae finish on a trick caird,' I say, pickin up Sonny's Ace ae Hearts and handin it back tae him.

'Aye ye can.'

'Naw ye cannae. Who telt ye that?'

'Howarth.'

I snort, lookin around the canteen tae check Howarth hasnae arrived yet.

'Howarth hinks *The Big Bang Theory*'s funny. In proper Black Five rules, ye cannae finish on an Ace or a Jack or an Eight—'

'Whit aboot a seven?' Sonny asks.

'That's debateable.'

'Whit dae the rules say?'

'Sonny, ye've got tae understand. The rules ae Black Five are everchangin. Naebody's ever written them doon. It's like orderin yer sandwich at Subway. Ye need tae learn through daein.'

On the other side ae the canteen, a group ae sixth years pass aroond an acoustic guitar and compare who can play the openin tae *Many of Horror* the shitest.

'Then at some point, in the game's history,' Sonny says. 'I could've finished on an ace?'

I put doon my three kings.

'Naw. That's one ae the rules that's never changed.'

We dinnae play Black Five for money, and I've warned him he should never, under any circumstances, play for money wi anybody else.

'I'm no sleepin very well, tae be honest, Daughter,' he admits.

'Me either, mate.'

'10.5 tog. That's a winter duvet, eh? My mum says it's fine for aw the year but I'm roastin at night.'

'I was meanin mair aboot,' I lower my voice, 'oor situation.'

He taps at his temple tae let me ken he understands. Then he plays his ace again and takes another caird fae the pile.

'Change suit tae spades,' he says. 'Ye still dinnae hink we should go tae the polis?'

'We'll need tae go at some point. I just want… I want a smokin gun.'

'And if we cannae get a smokey gun, whit then?'

The stairwell door opens and Genevieve steps through. Her face shows nae sign that she was oot last night, whereas I feel like a burst baw. Tae my surprise, she stoops through the railins next tae us like John Cena enterin the ring and comes tae oor table.

'Mornin, boys,' she says, rufflin Sonny's hair. 'Sonny, would ye mind if I chatted wi Daughter alone for a minute?'

He nearly topples his chair he gets up so fast, grabbin it and holdin it steady while Genevieve sits doon.

'Gennny,' he says. 'If ye want tae play for me, mind and say "*last caird*" afore ye play yer last caird, eh?'

Genevieve looks at the pile ae cairds sittin in front ae her. She smiles again. Funny how suddenly her smile makes me hink ae her tongue in that lad's mooth, whereas yesterday I'd be picturin us lyin on the couch thigether, debatin whit tae watch on Netflix.

Sonny disappears and leaves me and Genevieve at the table wi a pile ae messy cairds between us.

'Basically, Daughter,' she says, layin her hands on top ae Sonny's cairds. 'I wanted tae say I'm sorry aboot last night. I would rather ye hadnae seen that.'

'How?'

'Daughter,' she rolls her eyes. 'I *ken* ye fancy me. I ken. My pals ken. Your pals ken. Ye asked me oot when ye were semi-conscious, mind?'

I'd like tae smile right noo, as if I hink it's funny, but I struggle tae control my face and I've nae clue whit my expression is like.

'I dinnae mind it, actually,' I say.

'But I dinnae feel that way aboot ye, Daughter,' she goes on. 'That's no whit I'm apologisin for, though. I cannae help who I fancy. We aw end up fancyin somebody that doesnae fancy us back at some point.'

It feels like I should say suhin here. Argue my point. Tell her why someday she might fancy me. But I cannae hink ae any reasons right noo.

'Naw, whit I wanted tae apologise for,' Genevieve says, curlin her hair behind her ear. 'Was you seein me wi that guy last night. I didnae want tae rub it in yer face or anyhin. I was surprised tae see ye there, tae be honest. Maist ae the fifth years dinnae even get in The Cherry. Then again, I ken ye're a year aulder than us.'

A few minutes ago, sittin playin cairds wi Sonny, there

was still a tiny bit ae hope in me that somewhere doon the line it would still happen wi me and Genevieve. I wasnae expectin aw my hopes tae be dashed afore first period.

'That's awright, Genevieve,' I manage tae force oot. 'Ye huv a gid night then?'

'Aye, it was a gid laugh in there last night,' she says. 'That boy Damien's flat is the far end ae Tesco but. Some walk fae there tae Bannockburn at four in the mornin.'

She clenches her eyelids thigether and I feel like daein the same. She went back tae his last night. I look forward tae picturin how that happened in sickenin detail over and over in my heid for the foreseeable future.

'Shite,' she says. 'I didnae mean tae say that tae ye, Daughter. I'm sorry for that. And I'm sorry I telt folk ye shat yersel, that wasnae nice ae me. In fact, I'm gonnae head tae reg. Sorry.'

She goes tae get up, but I find my arm reachin oot and touchin her arm. A random thought's come intae my heid and at this point I dinnae mind if Genevieve hinks I'm a weirdo.

'Can I ask ye just one mair hing?' I say.

'Go on.'

'Ye ken that boy ye went hame wi last night, Damien? What's his address?'

She steps back and wipes a sleeve over where my hand was.

'I wasnae expectin that,' she says. 'Whit the fuck are ye askin that for? Ye gonnae go roond and fight him? Nae offence, Daughter, but he's got five years and aboot seven stone on ye.'

'I just want tae speak tae him,' I say. The lunchladies are lookin over and I gie them a smile tae let them ken I'm no hasslin her. 'Tae say I'm sorry if I made yeese feel awkward last night.'

'That's quite weird.'

'Nah, it's normal, honest. He'll appreciate it. Guy code and that.'

She pretends like she's hinkin it over but comes tae her conclusion pretty quick.

'Sorry, Daughter. It was probably a one-night hing anyway, nae need tae worry yersel. Dinnae even remember the hoose number.'

She makes a quick getaway. The breeze fae her skirt blows a few cairds tae the flair.

I didnae see where he was hidin, but Sonny comes oot ae naewhere and sits back doon. I dinnae say anyhin for a minute while I hink. I focus on the plan I've just hatched, instead ae the fact that there'll be nae Miss Baird or any chance wi Genevieve in fifth year.

'How'd it go?' Sonny asks.

'Mind when I spewed half a lung last night?'

'That bad?'

'Worse.'

Sonny scoops up aw the cairds and starts batterin them off the table tae get them intae a neat pile again.

'Remind me,' I say, 'whit was Mrs Campbell's son called again?'

'Damien,' Sonny replies. 'Like Del's son in *Only Fools*. Mind he phoned her durin oor first detention afore his drivin test. How come?'

I grab my bag fae under the table. The table that'll forever be remembered as the table where Genevieve KO'd me. Maybe I'll get a wee plaque made tae commemorate it.

Dedicted tae the memory ae Billy Daughter's Heart, 2000-2017. Smashed intae a million wee bits.

'I might huv an idea,' I tell Sonny. 'How we can get oor smokin gun.'

Sonny and me walk through B&M, listenin tae the weird non-music songs that play in supermarkets, til we find Kimberley in the drink aisle, strugglin tae lift twenty-four cans ae Hooch.

'Ye needin a hand wi that, hen?' I say.

'Oh, no, I'll be—' she replies, afore turnin and seein it's me. 'Aw, you wanker.'

She stands in her orange and blue polo top, sweat

on her foreheid fae the manual labour. Dad insisted she take her job back over the summer tae save her hangin aboot the hoose. He's never made me get a weekend job. I dinnae ken why but I dinnae question it.

'Ye look like a can ae Irn-Bru,' I say.

'You know, you're the first person to ever say that,' she replies. 'Congratulations.'

She puts the hefty pack ae cans on the flair and pushes it wi her foot towards the alco-pop section.

'Chewbacca!' Sonny shouts, dartin tae the back ae the shop. There's a big *Star Wars* canvas on the back wall.

'Listen,' Kimberley says. 'I've been thinking.'

'That's whit that soond was.'

'We should go to the police. I know we don't have anything against Mrs Campbell, but if she *did* have anything to do with it, let them find the evidence. We have the recording, and when they speak to Miss Baird about that, she's bound to turn Mrs Campbell in. There's no way she'd take the fall. You agree with me, yeah?'

'Aye. Apart fae I've got one last plan.'

'Billy, your plans are mince.'

'This is the last yin, I promise.'

Kimberley takes a yellow safety knife fae her pocket and cleaves a straight line through the dusty plastic coverin the booze.

'And since you've come to see me at work,' she says. 'That means you need me to do something, doesn't it?'

'Huv I telt ye lately how gorgeous ye're lookin these days? Did ye dae suhin new wi yer hair?'

'Yes, I washed it. Get on with it.'

'I need ye tae message somebody on Facebook. Damien Campbell.'

She puts her finger in the air tae pause the conversation while she listens tae a tannoy announcement. *Customer service one hundred* the voice says. She waves it away.

'First of all,' she says. 'Who's called Damien these days? Second, he wouldn't happen to be related to Mrs Campbell, would he?'

I bend doon and hand up the cans tae her and she squeezes them on tae the shelf.

'It's her son.'

'And you think he'll give up dirt on his mum?'

'Listen tae you, "*give up dirt*", you're gettin right intae this!'

'Why don't you message him yourself then, smart arse.'

I start puttin cans on any random shelf near me tae speed the process up.

'He'll no want tae meet me. But he'd meet you, if you telt him ye were gaggin for it.'

She stops stackin, one can ae Hooch in each hand.

'Excuse me?'

'Obviously ye're no. Well, ye might be, but I dinnae want tae ken that. Ye tell him ye want tae go roond tae his, and when he gives ye his address, Sonny and me'll go for a visit.'

She does that laugh ae hers that makes me feel aboot five-year-auld again.

'What makes you so sure he'll give up his address just like that?' she says. 'I've never met him before.'

'Kimberley, I ken ye're no that naïve.'

The shelf's full noo, but we've another six cans tae go. She begins hidin them behind the white wine.

'My reputation is taking some beating,' she says. 'Falling down drunk outside The Cherry, now I'm messaging randomers for a quick shag. Can't you message him?'

'He'll block me afore I can ask anyhin. It needs tae be in person. Come on, Kimberley, my beautiful sister, ye.'

Kimberley slips her phone fae her back pocket, unlocks it, and hands it tae me wi Facebook open. She returns tae her cage wi the plastic packagin and moves on tae four packs ae apple and blackcurrant Fruit Shoots.

I find Damien easy enough. In his profile photo, it's him wi his uni sports team, aw wearin green. I've nae clue whit sport they play but they look like wanks regardless. I click the new message button and dae my best Kimberley impression:

Hiya Damien, how are you? I know we don't really know each other, but we were both at Battlefield High? You probably don't remember me, but I always

had a big crush on you. Saw you in The Cherry last night and you're looking good! Didn't get a chance to say hello though. Do you live in town? I could come round for a catch up? ;) xx

I gie Kimberley back her phone. She reads the message I've typed.

'If it weren't for that winky face at the end,' she says. 'I could just about argue that I'm not gagging for it.'

She presses send, as Sonny returns wi a giant *Toy Story* canvas.

'Put that back,' I tell him.

'But I *really* want it,' he replies.

'Ye've no got the money.'

'I'll pay ye back.'

'I've no got the money either!'

Kimberley gies me her phone again. Damien's replied awready:

Hi Kimberley! Of course I remember you! Sorry I didn't get to see you last night, but I'd love a catch up :);) I'm at 53D Wallace Street, you could come round tonight? Xxx

✳ THIRTY-EIGHT ✳

The street next tae Tesco is busy wi students. Some head in the direction ae the uni, some struggle wi crates ae Tennent's, probably for their pre-drinks. Kimberley called it "prinks" durin tea the other night. That took some explainin tae Dad.

'Ye get pished *afore* ye go oot?'

'It saves money, Dad.'

'That's like shootin yer dug afore ye take it a walk.'

Sonny walks along the curb ae the pavement, one foot in front ae the other like he's provin he's sober tae the polis.

'Keep yer wits aboot ye, Sonny. Damien's no gonnae be happy wi us.'

'Cause we're stoppin him fae gettin his... sex off yer sister?'

He stumbles off the curb on tae the double yellow lines and looks disappointed. He must've been playin a game wi himsel.

'Aye, and then we're gonnae hit him wi mair bad news.'

The streetlights flicker above us like they're hinkin aboot a powercut then decide tae leave it and stay on.

'We could be at that film the noo,' Sonny tells me.

We telt oor respective folk at hame that we're seein

Guardians of the Galaxy Vol 2 the night. Kimberley says she'll cover for me if we're back late.

'Unless you inherited some ae Mr Innes's money,' I say. 'I dinnae hink we can afford it. We'll get a stream at the weekend.'

'We need tae stop daein that. I've heard the FBI are checkin who's watchin they streams.'

'They'd be fuckin welcome. We can send them tae Mrs Campbell's.'

We reach number fifty-three. I scan the windaes but dinnae see any signs ae life inside. Sonny tries tae wait at the end at the path, but I take him by the wrist and pull him tae the front door. I press the buzzer for D. Inside the close, somebody's bike sits wi a helmet hangin over the handlebars. I gie it a few seconds mair, then I start hammerin the buzzer.

'He might no be in,' Sonny says.

I place the tips ae my fingers over the four buttons for A, B, C and D, and start playin them like a keyboard.

'Somebody's gonnae let us in,' I say.

It doesnae take long for a voice tae come fae the speakerphone.

'*Fuck sake, mate. Come in and calm yersel…*'

The telecom buzzes and the door unlocks. We walk intae the damp corridor. Oor footsteps echo as we approach the bottom flair doors, which read A and B. Blue recyclin boxes sit ootside both doors overflowin wi beer and wine bottles.

'I swear uni cannae be that hard,' I say, liftin a bottle fae one ae the boxes. 'Look, they're still drinkin Buckfast. I thought they only sold this tae underagers.'

The bottle clinks dirtily as I drop it back in amongst the rest. We climb the stairs and find the door for flat D. The blue box ootside only has an empty bottle ae Echo Falls in it.

'Bet ye any money,' I say. 'He's cleared that oot tae impress Kimberley.'

I knock on the door. It wobbles against the latch, showin its age. The hall light turns on, and a figure appears. The door swings open tae show us Damien Campbell. His shirt's unbuttoned tae reveal a valiant effort at chest hair.

Damien looks pretty gutted tae find us on the other side ae his door.

'Can I help you guys?' he asks us.

'Kimberley's no comin,' I say.

He pretends no tae understand at first and laughs a wee bit. Then he looks proper gutted.

'How no?' he says.

'Cause she was never comin, mate. Can we come in?'

I go tae walk past him, but Damien puts his arm across the door. I would push him oot the way, but his nipples are partially oot and I dinnae want tae take a chance puttin my hands oot and feelin fitbaw studs.

'Who the fuck are you?' he asks.

'I'm Billy, Kimberley's wee brother. This is Sonny.'

I dinnae look but I can feel Sonny wavin behind me.

'We need tae talk tae ye aboot yer mum.'

Damien starts buttonin up his shirt.

'Whit the fuck are yeese talkin aboot?'

'Honestly, it'll be easier tae explain if ye let us come in.'

We take advantage ae his arm bein occupied on his buttons and sneak past him and intae the livin room. The flat's dark and dingy, which is standard for a student flat I'm guessin. Some rubbish music's playin fae the speaker on the table so I turn it off.

I help mysel tae a seat on a couch that looks aboot as old as the flat itsel. Sonny jumps on tae the beanbag chair that's sittin a foot away fae the huge telly. A game ae FIFA is paused on the screen. Chelsea two-one up on Borussia Dortmund.

A fully buttoned-up Damien joins us, stickin the big light on.

'Dinnae get too comfy,' he says. 'Whit did ye want tae talk tae me aboot?'

Sonny lifts the Xbox controller.

'Can I play for ye?' he asks. 'I'm gid sometimes.'

Damien doesnae huv the chance tae respond afore Sonny unpauses the game and starts chasin the baw.

'Are ye Chelsea or Dortmund?' Sonny asks. 'Never

mind, I'll work it oot.'

'Kimberley definitely isnae comin, naw?' Damien says, goin tae the windae and lookin between the curtains.

'Naw,' I answer. 'Listen, mate, I'll try tae make this quick. We're tryin tae get a teacher tae come back tae Battlefield High. She's called Miss Baird. And we hink yer mum's got some information that'll help her get her job back. But she's no wantin tae tell us. So, we need you tae get it for us.'

He chuckles and plonks himsel doon on the couch next tae me. A wall ae Lynx Africa smacks me in the chops.

'My mum's no even at the school at the minute,' he says. 'She's on leave.'

'I ken, but she still has suhin we need. We want ye tae get her laptop for us.'

He laughs again and grabs the bowl ae peanuts fae the table. It's some spread he's put on for my sister. Another boy, I'm guessin the flatmate, walks intae the room.

'Can ye give us a minute, Owen?' Damien asks the guy.

'Aye, awright. Who are these guys?'

'Eh,' Damien pauses.

'We're Mormons,' I say.

'Ye dinnae look like Mormons,' Owen says.

'We are, like. We've been tae, eh, Africa and everyhin.

Would ye like a leaflet?'

'Naw, I'm fine. Whit did ye let them in for, Damien?'

'Somebody else buzzed them in,' Damien says. 'They'll be away in a minute.'

Owen shrugs.

'Fair enough. You better clear them off afore that dirty turns up. I'm gettin mysel ready for *Fubar*. Fucked up beyond all recognition, yasss.'

He walks oot the room and closes the door behind him.

'I'm no gonnae steal my mum's laptop for ye,' Damien says, producin a bottle ae Stella fae somewhere and takin a drink. 'Ye're off yer nut.'

'Dae ye even ken why she's on leave fae the school?'

'She said it was stress. Cause ae plebs like you.'

'Maybe ye should ask aroond and find oot whit folk are sayin aboot yer mum. Anyway, I hink ye should get us the laptop, mate.'

He slams the bottle doon on the table. Here we go. I thought it was aw a bit civil.

'I'm gettin ye fuck aw.'

My heart's goin a fair rate but I play it cool, stickin my feet on the table and crossin them.

'Ye'll get us that laptop, Damien,' I say. 'Or everyone's gonnae find oot that ye slept wi an underage lassie.'

I dinnae look over at Damien and keep my eyes on the telly.

'Here,' Sonny says, furiously tappin away at the controller. 'Whit difficulty huv ye got this on?'

A Dortmund equaliser has just made it two each. Sonny wiggles himsel intae a mair comfy position. The beans crunch and rattle aboot in the bag.

'Never mind,' he says. 'It's just a set back. Fuck, is Hazard no playin? Well, let's get that sorted.'

Sonny goes intae the substitute menu, and Damien's finally figured oot how tae respond tae the bombshell I dropped.

'I dinnae ken whit ye're talkin aboot,' he says, crossin his arms. Then uncrossin them. Then grabbin some peanuts.

'Ye dinnae seem tae ken much,' I say. 'Look, ye had sex wi Genevieve Wu. I ken ye did, so dinnae deny it.'

'So whit if I did. She was in The Cherry, mate. Ye've got tae be eighteen tae be in there. If ye're tellin me she wasnae, well, that's news tae me. That's no my fault. I cannae be done for that.'

'That's probably true. But as long as folk find oot, you'll be branded.'

'Branded? Branded as whit?'

'Branded as a twenty-two-year-auld lad that sleeps wi high school girls. I dinnae hink they'll like that at the student union.'

He takes another sip ae his beer. I'm surprised he hasnae kicked us oot yet. There's a traffic cone in the corner ae the room wi tinsel roond it like a Christmas tree. I promise mysel I'll no be one ae they students.

'Who's gonnae believe ye?' Damien asks.

I stand up and go tae the windae tae prolong his sufferin a bit. A car pulls up ootside and a Dominos driver jumps oot. I can see the steam comin oot the bag fae here.

'Me and Genevieve arenae exactly best pals,' I say, catchin my own reflection in the windae and suddenly I cannae see anyhin else. 'But I'm pretty sure she'd post it on Facebook if I asked her tae. I dinnae hink she'd mind folk knowin she slept wi an aulder guy.'

Damien stands up and walks towards me. Thankfully, Sonny on the beanbag is between us. On the screen, a Dortmund player reels away celebratin and Sonny presses the controller tae his foreheid.

'I didnae ken she was underage,' Damien says again.

'Naw?' I say. 'Ye werenae takin photies ae her?'

This interrogatin business is quite easy when ye ken loads ae stuff the other person doesnae. Damien cannae hide the fact he's shocked and he stands there, quiet, suddenly interested in Sonny's game ae FIFA.

'Didnae hink ye'd huv a response tae that,' I go on. 'See, my sister had a hunch. Somebody sent me a photie ae Genevieve in The Cherry the other night, tae try and make me hink she was in trouble. You took it, eh?'

Damien opens his mooth a few times but it's clearly

too quick for his brain. He swallows then speaks again.

'I didnae post it anywhere,' he pleads.

'But ye sent it tae somebody?'

Damien looks defeated. He goes back tae the couch, grabs a cushion and holds it tae his chest like a wean gettin a tellin off.

'My mum asked me tae take photies,' he says. 'She said there were rumours ae some girls fae Battlefield gettin in tae clubs on schoolnights. She said she wanted proof, for when she went back tae work. So she could speak tae the booncers and stop it. Keep them safe and that. I was goin up The Cherry anyway so when she asked me, I said, aye, nae bother. I was takin photies ae aw the Battlefield lassies for her, no just Genevieve.'

Sonny makes a disgusted soond.

'How is Reus gettin past Alonso that easy?' he says.

I go back tae the couch wi Damien. I'm no so worried aboot gettin kicked oot noo.

'Ye took photies ae Genevieve and sent them tae yer mum,' I tell him. 'Noo, I dinnae want Genevieve tae tell everybody whit happened, but it's gonnae come oot, unless ye help us.'

I feel a bit gallas and grab his Stella fae the table and take a sip.

'Why d'ye want her laptop?' he asks. 'Whit are ye lookin for?'

'We hink there's suhin on there that could help us oot.

Can ye get it?'

He sighs and on the screen we watch Matic get a second yellow for a wild challenge in the middle ae the park.

'I'll try,' Damien says. 'But it's no like I'm pinchin a packet ae Fruit Pastilles. She's gonnae notice if her laptop's missin.'

It looks like Sonny's aboot tae score. He's through one-on-one wi the goalie but he presses the wrong button and Costa plays a great through baw for the corner flag.

'Let her notice,' I say. 'We'll get it back tae her within a day or two. Here, get yer phone oot and I'll gie ye my number.'

I type my number intae his phone and he gies me a one ringer so I can get his. I save him as Damien the Wanker. It's no clever but it's just for me.

'When ye get it, phone me and we'll meet,' I instruct him. 'And ye're no gonnae tell anybody aboot this, eh?'

Damien stands and leads me tae the front door.

'Funnily enough,' he says. 'I wasnae plannin on tellin anyone. Is yer pal leavin wi ye?'

I whistle on Sonny.

'Two minutes,' he replies, sittin up and leanin in even closer tae the telly, his nose nearly dippin intae the static.

'Naw,' I say. 'No two minutes. Noo.'

Sonny throws his heid back and pauses the game, afore jumpin up and joinin us on the landin. He realises he's still holdin the controller, and hands it tae Damien.

'Six-two,' Sonny says. 'But there's iways the second leg. How'd yer drivin test go, by the way?'

'My drivin test?' Damien looks confused. 'That was four year ago.'

Sonny doesnae ken whit tae dae with this statement so leaves and makes his way doon the stairs.

'Ye didnae huv a drivin test a couple ae weeks ago?' I ask him.

Damien shakes his heid and looks blank. Mrs Campbell tellin mair lies then. I struggle when I try and remember exactly whit it was she said on the phone that day in detention.

Afore I go, I try and get in one mair casual question tae prove a theory I've got.

'Ye ken afore yer dad married yer mum,' I say. 'Whit was his last name?'

'It was Innes,' he says, as if he's heard this yin afore. 'And aye, he took her name. I got enough slaggins aboot that at school.'

I leave him at his front door and take the stairs two at a time. Sonny waits at the bottom.

'He's gettin us the laptop then?' Sonny asks. 'And the original recordin ae her and Miss Baird'll be on there?'

'We'll see,' I reply. 'And we'll see.'

✳ THIRTY-NINE ✳

I want tae go and see Sonny's gran wi him again. I really dae. But I'm just no physically equipped tae be up at ridiculous times ae the mornin. Quarter past eight is quite enough for me. These folk that get up at five, go tae the gym, cook a full breakfast, dae some revision, finish a couple ae crosswords, save a stray dog, reunite it wi its owner, take a photie for the *Stirling News* titled '**EARLY RISER TO THE RESCUE**', aw while wearin matchin socks? Freaks ae nature.

I go through the side door ae the school and see Howarth at oor table. He's got his trusty copy ae the *Metro* laid oot afore him. As I get closer, I realise there's tears in the boy's eyes. A few huv even dropped on tae the paper, makin sad, wee dark spots. A few younger lads point and laugh and I gie them the finger as I sit doon wi Howarth.

'Ye awright, pal?' I say. 'Everyhin okay?'

Howarth takes a big sniff. The soond ae his thick snotters bein sucked up intae his skull isnae pleasant.

'It's over,' he says.

'Over? Whit's over?'

Howarth lets his heid drop. His hands push the paper across the table. I turn it roond tae face me. It's open at the *Rush Hour Crush*, as usual. I scan through the wee paragraphs, the usual collection ae folk tryin tae make their creepy observations soond cute and innocent. Then I see it:

Sharply-dressed younger man, I had to bin the rucksack after you crashed into me and spilled that sticky drink on it. Fortunately, I now have a new job which does not require me to take that particular bus. I won't miss your stares. – Handsome redhead, previously of the 54A bus.

I let my heid drop doon tae, so Howarth doesnae see me smilin. He's an odd boy, Howarth, and he'll no take this well. When I look back up, he's taken his glasses off and is dryin his eyes wi the heels ae his hands.

'I'm sorry it didnae work oot, mate,' I say. 'Maybe it wasnae meant tae be.'

'Ye didnae ken him like I did,' Howarth sniffles. 'He was… special.'

'Special how?'

'The way he used tae wipe a wee circle on the windae tae look oot ae when it was aw fogged up.'

'I dae that.'

'The way he rang the bell just a wee bit afore his stop.'

'I dae that tae.'

He's no listenin tae me and carries on.

'He iways used tae pick up a *Metro* on the way tae his

seat. And if there was none left, he... didnae.'

'Howarth, ye're describin everybody who's ever been on a bus.'

'But ye didnae ken him! Ye didnae ken him like I did.'

My natural instinct is tae slag him rotten. Or at least tae gie him some tough love and tell him tae get his chin up. But I decide tae keep goin wi the nicey-nicey approach.

'It could be better this way,' I say. 'Wi him writin in. At least noo ye ken where's he's went. That's, eh, whit d'ye call it... *closure*. If ye got the bus the morra and he wasnae there, ye'd be gutted.'

'I'm gutted noo!'

'Better tae get it oot ae the way earlier, naw?'

'Ye're supposed tae be my pal. Whit kind ae sympathy is that?'

I ditch the sympathetic approach.

'Comin fae the boy that spread it tae everybody I shat mysel at the Albert Hall. Ye didnae even ken his name.'

'You did shite yersel though,' he says tae me. 'That wasnae gossip, that was hard fact. Anyway, I wouldnae expect ye tae understand. Whit we had. He was a *man*. You're still chasin wee girls like Genny Wu.'

'I'm no chasin her anymair.'

'She patched ye then?'

'Aye. I had a wee cry aboot it last night, I'll no lie. So dinnae be embarrassed.'

I pick up his glasses and try tae stick them on tae see how blind he is, but he snatches them back.

'Gie me them,' he says. 'I need them for seein.'

Then he stands and grabs his paper and sticks it under his arm dramatically.

'And I'm no cryin,' he says, walkin towards the nearest stairwell doors. 'I'm just allergic tae wide cunts like you.'

Howarth disappears and there's laughter fae a nearby table.

'Watch ye dinnae shite yersel again, Daughter!' Kelly Henderson shouts across.

I get up and head for a different stairwell.

'Cheers, Kelly,' I shout back. 'Watch ye dinnae stick yer finger up a dug's arse again.'

'I WAS BEIN ATTACKED BY A WILD ANIMAL.'

'It was a French poodle, ye pervert.'

At break, after German and design tech, I sit on the landin between the second and third flair, at the furthest away stairwell. It's the opposite end ae the school fae the canteen and there's naebody tae interrupt me. A huge windae looks over the car park but I dae my best no tae look oot it. I've spewed enough lately.

I look over the notes Mr Edwards gave me. He said I was daein so well we could look ahead tae next year. I nodded along non-stop when he was talkin me through whit's expected ae me in Higher Maths. Outlinin the formulas and equations I should be familiar wi. But lookin over the pages noo, wi a breeze squeezin through the auld insulation ae the stairwell windae, I wish I had asked mair questions. Like, *whit does any ae this actually mean?*

The door opens fae the science corridor and Sonny bounds through. He leaps up the steps tae the landin and sits doon crossed-legged wi me.

'Whit ye up tae?' he asks.

'Lookin over this Higher Maths stuff.'

'Is it hard?'

'Just a bit.'

'Any word fae Damien?'

I lever my phone oot and press the unlock button. It shows me that it's two minutes past eleven but nuhin else.

'Negatory,' I say. 'These students dinnae get oot their scratchers till aboot midday anyway.'

'Well, if you're no worryin, Daughter, I'm no worryin.'

I gie up on the maths notes, fold them and stick them back in my bag.

'You dinnae worry aboot much, dae ye, Sonny?'

Sonny shrugs.

'I try no tae,' he says, playin wi a loop in his shoelace. 'But I dae sometimes. I worry I'll let folk doon. Bein late for hings, no bein polite, wee hings like that. And… I dinnae say it much, but I worry aboot my gran.'

A familiar feelin ae guilt comes over me. I look away fae him and oot the windae, but that makes me feel dizzy, so I look back at him.

'I'm sorry I've no been back wi ye, Sonny. Wi aw that's happened I've no felt up tae it.'

'Dinnae apologise, mate. I really appreciated it. You come back whenever. Naw, I've iways worried aboot her, fae when I was young. I worry there'll be mair and mair times I go and… she'll no recognise me.'

Ootside, a gust ae wind threatens tae blow over a big tree in the primary school playgroond in the distance

'I worry whit folk say tae her when I'm no there,' Sonny goes on. 'I worry the day I dinnae manage tae visit'll be the day she…'

I look at my pal and realise in that moment that I'm no as gid tae him as he deserves. I shift over on my bum so we're close and pull him in for a hug.

'You're a gid guy,' I tell him. 'A gid pal, and a fuckin gid grandson. Yer gran's so proud ae you, mate.'

I feel a few tears on my shoulder.

'Thanks, Daughter.'

We break apart. He's holdin on tae his Spot necklace.

✳ FORTY ✳

'Billy!'

My mum's voice cuts right through the ceilin.

'Tea! Kimberley! Tea!'

I slide doon the hall and gie Kimberley's door a chap.

'Are ye decent?' I say through the wee gap.

'I'm dressed if that's what you mean,' comes the reply.

I go in and find Kimberley sittin at her desk, sketchin. She's drawin some huge, complex landscape wi dragons and crumblin buildins and a load ae female soldiers.

'Whit are ye drawin?'

'Random stuff.'

'It is aboot dismantlin the patriarchy?'

'You noticed! Any word from Damien yet?'

It was her idea tae get Mrs Campbell's laptop. No that she was proud ae it. It's still mair likely the original recordin's on Mrs Campbell's phone, but she thought it would be easier for Damien tae get the laptop, and it might be on her cloud.

'No yet. Come on, tea's ready.'

I'm halfway doon the stairs when I smell whit we're huvin.

'Mince and tattiiieesss,' I say, dancin intae the kitchen.

'Mince and tattiiieeeesss,' Mum sings back at me.

'Quorn and tattiiiessssss,' Kimberley adds.

Kimberley passes me the gravy and makes sure she doesnae get any on her fingers.

'Ye ken when you worked, Dad,' I ask. 'Did ye prefer the day shift? Or back shift? Or night shift?'

Dad chews on his mince. There's carrots and onions in it like Mum iways does and it really takes it tae the next level.

'Ye would get mair done on the night shift,' he decides. 'But ye felt like ye were on the moon. Folk are in a better mood durin the day. How come?'

'Just wonderin. So I ken for when I start work.'

Mum finally takes her seat, noo that she's sure everybody's got enough and her mince is likely cauld. A second jug ae gravy's appeared which is lucky since the first yin's finished.

'Dinnae be daft,' Mum says. 'You're gonnae dae maths at uni like yer sister and be a teacher.'

I nod.

'Aye, Mum.'

'Then ye'll buy me and yer dad a nice hoose once ye become headteacher.'

'Aye, Mum.'

'Nuhin too fancy, but three bathrooms would be nice.'

As I mix my mash wi my mince, the thought gets stronger that I should drop oot after fourth year and get started on a trade. Plumbers are iways in demand, and they get paid well for comin oot durin the night and at Christmas. I cannae believe I thought I would just waltz intae uni.

Mum starts fillin the dishwasher wi the precision and authority ae a Sergeant Major.

'Big plates first,' she orders.

The kitchen's loud wi the soond ae plates and cutlery clatterin and scrapin. I drop a knife and everybody shouts "*visitors*".

There's a knock at the front door.

'Is that the front door?' Mum says.

'Aye,' I say.

'Well, is somebody gonnae get it?'

Me and Kimberley dae rock, paper, scissors and both stick oot paper. Then we go again and both stick oot paper again. Dad puts doon the Caramel Wafer he's munchin on.

'That's fine, let yer poor auld da wi MS get the door,' he says.

Dad starts rollin himsel intae the hall.

'I'll get it, Dad,' I say.

'Whit? Ye sayin I cannae answer the door cause I've got MS like?'

Mum's noo loadin the top shelf ae the dishwater, which is strictly for tumblers and plastic bowls.

'Youse should gie yer dad mair respect,' she says. 'And pass me that oven tray.'

Dad wheels oot the kitchen and there's a squeak as he opens the front door. A deep voice is talkin but naebody seems tae huv come intae the hoose yet.

'William!' Dad shouts. 'Through here, now.'

I look at Kimberley and make sure no tae look at Mum. The last time I heard that tone ae voice fae Dad was when Kimberley took twenty quid fae Mum's jacket tae get a taxi tae see a boy in Bridge of Allan in fourth year. I wipe my mooth tae get rid ae any leftover gravy and walk through.

The yellow polis jackets at the front door are unmistakable and seem tae huv a threatenin glow. A *we ken whit ye've done* glow. The look on Dad's face is unmistakable tae. A *I'm gonnae literally murder ye as soon as these polis are away* look.

It's a man and a woman polis, and I'm tryin tae work oot if it's the same yins that foond us ootside the Minimarket wi Tilly.

'This is Billy here,' Dad says, steppin aside tae let me take the brunt ae it. 'This is PC Morrison and PC… sorry whit was it again?'

'PC McMenemy,' the woman says. 'Evening, Billy. D'you mind if we come in for a chat?'

'Get home safe,' Dad tells them as they leave the hoose.

'Thanks there, Mr Daughter,' says PC Morrison.

'I'm sure we won't be back,' PC McMenemy says.

I stand at the kitchen door watchin Dad at the front door watchin the polis car drive away. He closes the door. It's proper dark noo so he sticks the hall light on. I summon aw my bravery tae look him in the eye.

'Get in that kitchen and sit back doon, Billy,' he says.

I go and sit at the table, where the polis's half-finished cups ae tea still sit. Mum barely spoke while they were here. She sat wi a Bourbon, breakin it doon intae wee bits on a plate but no eatin it. Kimberley stayed quiet tae, hoverin in the corner.

'Away upstair, Kimberley,' Dad says noo. 'Ye've heard enough.'

She doesnae argue and looks at me like she's sorry she cannae stay. The polis didnae mention her at aw, and I wasnae gonnae grass. She leaves, chewin on the wee drawstrings ae her hoodie.

Dad rolls tae take his place at the top ae the table. Fair tae say there's a different atmosphere in the room fae tea time. There's crumbs on the placemats fae where the polis were eatin Jammy Dodgers.

'I'll let you begin, Billy,' Dad says. 'Go on.'

This is unexpected. I was ready tae take the onslaught then accept the groondin and be away tae my bed. Huvin tae explain mysel is a harder task.

'I thought the laptop might huv…'

'How could ye be so stupit, Billy?' Mum says. 'Tryin tae steal a woman's laptop. And no just a woman, yer headteacher. And ye didnae even dae it yersel. Ye threatened this poor lad Damien ye would beat him up if he didnae gie it tae ye!'

'Mum, that bit's no true. I swear. We didnae say we would beat him up. We only asked him tae lend us it for a bit. He's tryin tae save his own neck.'

'How?' Dad asks. 'Whit's he done?'

This is the bit where I should come completely clean and tell them aboot him sleepin wi Genevieve.

'I dinnae ken,' I say. 'But, trust me, we didnae say we would hurt him. He's years aulder than us!'

The clock says it's twenty past eight. I imagine the hands speedin up and racin tae nine o'clock. This'll be done by then and I can be in bed textin Sonny. That's when I realise the polis's next stop will be his hoose.

'I dinnae understand,' Dad says. 'Ye've got a computer upstair. Is it no workin?'

'Aye, it's workin, Dad. We didnae want tae keep the laptop, we just wanted tae see whit was on there.'

'And whit did ye hink ye would find?'

'Suhin… suhin that would maybe help Miss Baird get her job back.'

This seems tae soften up Mum at least.

'Och, Billy,' she says. 'I ken ye liked that teacher, but

she's been sleepin aboot wi this Mrs Campbell's husband. Everybody at the salon kens aboot it. Ye've got tae let it go.'

This is the angle I need tae use. This'll get me oot ae this.

'Aye, I see that noo. I'm no gonnae look intae it anymair.'

'Well, dinnae hink that's you off the hook,' Dad says. He collects the mugs fae the table and goes tae the sink tae pour the dregs doon the sink. 'Ye dragged that poor lad Sonny intae it tae. That's where they're headin next, tae see him and his mum. Ye ken he follows ye aboot and does whitever you dae. He doesnae ken any better.'

'Dad, he's no an idiot. I hate folk talkin aboot him like that.'

Dad drops the mugs in the sink wi a clang. He wheels over tae me and shoves a finger in my face.

'I dinnae hink you get tae tell me how tae speak,' he says, and even the flowers on the kitchen table quiver. 'After I've just had the polis roond for supper. Aw the fuckin neighbours will huv seen that.'

'So that's whit this is aboot,' I reply, and even as I'm sayin it I ken I shouldnae. 'Whit the neighbours hink. Who gies a flyin fuck whit they hink!'

Mum flinches like me swearin physically hurts her. Dad slams his palm on the table.

'UPSTAIRS TAE YER ROOM RIGHT NOO YE

CHEEKY FUCKER. YE'LL ONLY LEAVE IT TAE GO
TAE SCHOOL TIL I SAY OTHERWISE.'

I gladly walk towards the stairs.

'I'm no allowed tae the toilet then, naw?' I say. 'Dae I
get a bucket tae pish in?'

I speed up, cause I'm sure I sense Dad speedin roond
the table tae get me. I take the stairs two at a time, reach
my room and collapse ontae my bed.

A vibration fae my phone. A text fae Kimberley:

**I knew that Damien was a little shit. Sorry to say it,
but his mum wins. You can't risk snooping around
anymore. That's your second strike after the incident
with the little girl. If you didn't tell them everything
tonight, we need to tomorrow. Thanks for not telling
them I was involved. Sorry bro x**

I switch tae my conversation wi Sonny and type oot a
text for him:

**Mate, this'll come too late but the polis are comin
roond tae see ye. Damien didnae get us the laptop.
He went and telt his mum we were threatenin him
and makin him steal it for us. She telt the polis. She
doesnae want tae press charges but they wanted tae
come and gie us a scare. Looks like I'm groonded for
a gid while. Dinnae hink we can get Mrs Campbell
noo. Let me ken how it went after they leave.**

I then go back tae Kimberley's chat and reply tae her:

Nae worries. Maybe best waitin until Mum and Dad huv calmed doon afore we tell the polis?

I didnae bother turnin the light on when I got tae my room, so I lie in the dark. The curtains are still open and the light fae the hoose wi the garden opposite oors reaches through. My heart's still thumpin a fair rate.

I drift off for aboot ten minutes. I wake wi a weird taste in my mooth and a text fae Sonny:

Mum was cryin. She said she wanted me tae apologise tae Mrs Campbell face tae face. The polis lady said that wouldnae be possible cause her and her husband are emigratin really soon, like maybe this weekend. She must've got her money fae the will. The polis lady said her and Mr Campbell want a fresh start. Soonds like shite tae me. I hope we can stop noo, Daughter. Maybe we should take a wee break fae seein each other. I dinnae want tae get intae any mair trouble. Sorry.

I hink aboot chuckin the phone against the wall, but instead I throw it against the mattress. It boonces sharply, flips across the covers and lands on the flair. I want Sonny tae forgive me, but I ken I dinnae deserve it.

The thought ae Mrs Campbell gettin her faither-in-law's money and jettin off tae some beach nearly brings my mince and tatties back up. I ken we need tae go tae the polis but suhin's still tellin me I can fix this.

Afore I can retrieve my phone, the door opens. Mum

steps in and turns the light on. She finds the phone at her feet and picks it up.

'This is handy,' she says. 'Yer Dad and I huv been talkin, and we hink it's best if we keep this for noo.'

I sit up. My eyes start tae sting fae the big light.

'Is that right, aye?' I say. 'Doesnae sound like suhin you'd come up wi.'

'This isnae a debate, Billy. And I would hink ye would be done wi yer cheek for one night.' She looks at my phone, realises she cannae unlock it, then puts it in her dressin goon pocket. 'Or is this how it is fae noo on? *Who's that at the door? Och, it's the polis again. Come in, we've got the kettle on waitin for ye. Whit's Billy done this time?* Ye can hink again. Ye're needin tae grow up and fast. I'm no huvin my son end up in the jail.'

'Mum, calm yersel. I've no done anyhin wrong! And how am I supposed tae go aboot withoot a phone? Whit if there's an emergency?'

Mum reaches over tae the top ae my drawers and collects a dirty plate.

'Until we see fit, ye'll be goin straight tae school and straight back hame after. If ye're no back by four, I'll come up lookin for ye. And I'm sure ye'd no want yer pals tae see yer mum stormin doon the corridors.'

'Naebody wants tae see that, Mum.'

She puts the light back off and shuts the door over.

'Night, Billy.'

✳ FORTY-ONE ✳

The *shoosh* ae the shower bein turnt on is my signal tae move. I'm escapin while Kimberley's in there. She would only want tae march me doonstair and explain the whole Miss Baird, Mrs Campbell situation. We'll go tae the polis soon, but I want another chance at a smokin gun.

Goin doon the stairs, I see the kitchen door is shut, likely tae keep any smoke fae burnt toast gettin tae the hall smoke detector. Dad likes the toaster turnt up tae eleven.

I scoop up my shoes fae under the radiator by the front door. I carry them ootside withoot puttin them on. Once I'm at the end ae the path, I brush the wee stains fae my socks and put the shoes on.

Mr Niven fae number thirty-three passes by wi his German Shepherd, Dolly. The leash is wrapped aroond his wrist mair than once.

'Mornin, Billy,' he says. 'Maist folk put their shoes on afore they leave the hoose.'

'Mornin, Mr Niven,' I reply. 'I'll need tae remember that.'

'Did ye huv the polis roond last night, son?'

'Aye.'

'Whit for?'

'A wee chat. Some tea and biscuits.'

Mr Niven looks in his pocket and takes oot a dug poo bag which is awready full, just tae check it's still there.

'Whit kind ae biscuits we talkin aboot here?' he asks. 'Anyhin top shelf?'

'Blue Ribands.'

'Blue Ribands, aye? Did yer mum put them on a plate or just bring oot the packet?'

'On a plate.'

'Any cakes on the plate?'

Dolly's ears perk up like she understands the word "*cake*".

'Eh, naw. Just the Blue Ribands, some Bourbons and Jammy Dodgers.'

'Interestin,' Mr Niven says, runnin his hand doon Dolly's back. 'And whit did the polis take?'

'Eh, the guy took a Jammy Dodger. The woman didnae bother.'

'You tellin me there were Blue Ribands, on a plate, and the polis went for a scabby Jammy Dodger?'

'That's whit I'm tellin ye, aye, Mr Niven.'

'Wait til the boys at the Borestone hear aboot this!'

I work my heels properly intae the shoes as I walk up the hill. I reach intae my pocket tae text Sonny, then huv a panic hinkin I've lost my phone, then remember Mum took it off me. I'll need tae check the Rangers score fae last night on one ae the school computers. But first I need tae apologise tae Sonny. If he'll let me. I hope he'll let me.

I take the steps up the back ae Elgin Drive. When I get tae the top, I spot Howarth standin at the bus turnin circle.

'Mornin,' I say. 'Ye waitin on me?'

He whistles, rocks back and forth on his feet and avoids lookin at me.

'Howarth, hello?'

He keeps ignorin me, wavin at somebody over my shoulder. There's naebody there.

'Is this aboot yer man on the bus?' I ask. 'Are ye still upset?'

He checks his watch for a gid ten seconds, then looks up at me like he's surprised I'm there.

'Can I help ye?' he says. 'I'm meant tae be meetin a friend. A FRIEND.'

'Sakes, Howarth. Fine, I'm sorry. Ye were upset and I shouldnae huv laughed.'

'Did ye laugh?'

'Aye, later on, when I was tellin Kimberley durin tea last night.'

He goes tae storm off, but I catch his arm.

'Calm yersel,' I tell him. 'I was jokin. I didnae tell anybody.'

Howarth adjusts his glasses and puts an arm aroond me.

'I'm glad you could be an adult aboot this,' Howarth says. 'Noo, I heard ye had the polis roond last night.'

'Jesus. How'd ye find oot?'

'Braehead's a wee place, Daughter.'

'Aye, but you live in Bridge of Allan.'

'Well, Bridge of Allan's a wee place tae. Whit's happened?'

Clearly whitever I say is gonnae be spread through the hale school within aboot ten minutes, so I decide tae huv a bit ae fun.

'I cannae talk aboot it,' I explain. 'The polis were proper serious. It's an ongoin investigation so it could be dangerous for me tae talk.'

'Oh aye. Somebody after ye is there?'

He's pretty much askin for a wind up at this point.

'Right,' I say, leanin in close tae him. 'You need tae fuckin swear doon ye willnae tell anybody.'

Howarth's eyes go wide at the thought ae a proper bit ae gossip.

'Mate, I swear,' he says.

'On whit?'

'I swear doon… on my dug's eyes.'

'Is your dug no blind?'

'Aye, but he's still got EYES.'

'Fine,' I continue, lookin aboot tae check naebody's listenin. 'There's gangsters after my dad.'

I can see fae his face he's no believin it yet, but I knew

it would take a bit mair work. A car comes zoomin roond the bus turnin circle and drops off a couple ae first years.

'Gangsters?' Howarth asks.

'Aye.'

'Gangsters, like real gangsters?'

'It's no gonnae be fake gangsters is it?'

'But real gangsters are in New York and New Jersey and that. Ye dinnae get real gangsters in Scotland.'

'In Glasgow ye dae. Huv ye no heard ae Johnny "*The Giro*" McAdams? He's after my dad.'

We start walkin towards the school. A boy in front ae us must huv P.E. first period. His Hearts top sticks oot fae under his jumper.

'Whit's he after yer dad for?' Howarth asks.

'The polis said it was gamblin. Well, that's whit I heard fae the top ae the stair. D'ye hink they'd come for me, Howarth?'

Two lads are kickin aboot a flyaway on the grass. A shot rolls over one ae their jumpers and they start debatin if it was a goal or no.

'Naw,' Howarth says wi a laugh. 'Naw, ye'll be fine.'

Howarth ups his speed. He crosses the road and I follow at the back ae him.

'I was hinkin,' I say. 'Would ye mind cuttin aboot wi me at breaks and lunch and that? Like, a wee bit ae protection.'

A nervous laugh fae Howarth. He's lookin aroond for

somebody he kens so he can get away fae me.

'Ye're bein silly,' Howarth tells me. 'Ye're no needin protection. I'm no even sure...'

Withoot warnin, I crouch doon and hide behind a skip. Howarth is sharp at the back ae me.

'Whit are we hidin for?' he asks.

'I thought I saw somebody.'

'Who?'

'Guy in a black suit. Shades.'

Howarth looks on the Bannockburn Road.

'Did ye, aye?'

'I'm on edge, Howarth. Cannae be too careful.'

He returns tae a standin position and I slowly join him.

'This is too much for me, Daughter. Ye're needin the polis, no my help.'

Howarth checks once mair the coast is clear, afore makin a dash for the nearest entrance doors. He calls back as he runs.

'Ye've nuhin tae worry aboot, mate.'

As he disappears inside, I wonder how hard it is tae create Wikipedia pages for made up gangsters.

I go intae reg and gie Miss Maybury a wave as I pass the desk. I'm unzippin my bag tae get oot my notes fae Mr

Edwards when I notice Miss Maybury curlin a finger at me.

'Not that fast, Billy,' she says. 'Come here.'

I go back tae her, tryin no tae look worried. There's an elastic band sittin on the edge ae her desk. I pick it up and twist it aroond my fingers.

'Mornin, Miss,' I say.

'We've had a call from your mum,' she says. 'She's coming to get you after school, so you're not to leave by yourself, alright? She said you'd know what it was about?'

Good tae ken Mum and Dad trust me. It's aboot an eight-minute walk hame and they'll no even let me dae that. My fingers huv went pure pink and white fae the elastic band.

'So wait at the chairs in the visitors' area after last period.'

I pass Howarth as I go tae my seat and realise he heard that conversation. He immediately looks away when I make eye contact wi him.

I see Sonny when I walk intae maths for period three. Neither him or Howarth were at oor table for break. I decide I'm gonnae dive in and pretend he didnae tell me he wanted me tae stay away.

'Awright, Sonny,' I say, sittin next tae him.

'Awright,' he says, eyes on his jotter. 'That's Carly's seat, mate. She'll no be happy if ye steal her seat.'

'Aw. Aye.'

He's stoney-faced as he writes the day's date at the top left ae the page. He uses dots between the numbers whereas I dae slashes.

'Ye wantin me tae piss off?'

I'm desperate for him tae tell me this is silly and we're aw fine. The silence is painful. Sonny shrugs.

'Nae worries,' I lie. 'Catch up wi ye on Monday, maybe.'

I sit on the other side ae the room, next tae the slanted windaes. I raise mysel up in my seat tae check if I can see the Wallace Monument the day and Lisa Phillips sits doon next tae me.

'Whit ye lookin for?' she asks.

'I was hopin there might be a sniper oot there that would take me oot.'

'They couldnae miss that heid ae yours. Size ae it.'

'Comin fae it. Glasgow Airport wanted plannin permission for a new runway on yer schneb.'

She starts strokin her nose. It doesnae make sense that slaggin someone means ye fancy them cause I slag everybody.

'My mum says aw the models huv noses like mine,' Lisa says.

'Whit are they modellin, saddles?'

There's a sharp sting as she flicks my ear. She's upset but afore I can apologise, Mr Edwards comes intae the room. I didnae mean tae be that nasty. Noo I can add Lisa's name tae Sonny, Howarth, and Kimberley's on the list ae folk that dinnae want anyhin tae dae wi me. I cannae get a smokin gun—I can barely keep a pal. I'll come clean tae Mum and Dad the night.

Mum's late. Everybody's away hame as quick as they can but I'm sat here lookin at the water ripplin in the pool again.

The school's receptionist puts on her jacket and disappears fae her glass window, shortly afore reappearin fae the admin corridor and headin tae the exit.

'Night, Billy,' she shouts up tae me fae the lower landin. 'Ye're no in trouble I hope?'

'Night, Mrs Waters,' I reply. 'I'm innocent.'

'I believe ye, son. Just dinnae get caught bein innocent next time.'

The main door buzzes open and she's away, laughin tae hersel. As she goes, another woman comes in. This woman walks at pace directly up the stairs and goes intae the admin corridor withoot so much as a sideways glance. It's Mrs Campbell.

Suddenly I'm on my feet. If I had my phone, I could ask Kimberley or Sonny for advice right noo.

I walk towards the admin corridor, past the reception windae. Lookin through the wee windae in the door, I see the corridor's empty.

Wi one last glance aroond, I open the door and step through.

✳ FORTY-TWO ✳

My feet dinnae seem tae want tae move. I've nae plan, nae excuse if I get caught. And nae Sonny. But I start tiptoein forward, checkin behind me every two seconds. The headteacher's office is the second last door on the left. That's where I'm headin.

Behind one ae the doors, I can hear some papers rustlin. I abandon the slow approach. My troosers swish louder than normal between my thighs and I worry they'll gie me away. The exposed brickwork ae the corridor juts oot at one point and gies me a wee alcove tae hide in. I press mysel right in, so my face is scratchin up against the bricks. Then I peek back oot. A support teacher, her lanyard clackin against her necklace, steps oot intae the corridor and starts comin my way.

I lean back as much as I can, but it's no like she'll miss me. The lanyard clacks are almost at me. Then I hear her say,

'Och.'

She stops and turns, and I hear the far door open.

'Vera, did ye forget?' comes a voice.

Vera keeps walkin away and the clacks get quieter.

'I just remembered this minute.'

'Aye, aye.'

'This minute I tell ye.'

Their voices become distant, then the door closes and it's silent in the corridor again. I wipe the sweat fae my foreheid and dry my hands on the back ae my troosers.

The door tae the headteacher's office is partly open, and the light shines on tae the flair in the corridor. Two folk are talkin.

'You'll be missed,' Mr Nicholson is sayin. 'We were in the process of getting you a card, actually.'

'I appreciate the thought,' Mrs Campbell says. 'You've got my things together though?'

'Ah yes, of course.'

There's a shufflin ae feet and suhin heavy bein dropped on tae a table.

'Should all be there,' Mr Nicholson says.

'Good,' she says, and mair papers get flicked through. 'Will they make you head permanently?'

'Oh, I wouldn't want to speculate on that.'

I feel like I can hear the corners ae Mr Nicholson's mooth curlin up fae here.

'I'm sure you'll do a grand job. Alright if I nip to the loo?'

The toilet is the next door along. I slip back intae my hidin spot. I'm brave enough tae peer oot and see Mrs Campbell leave the office and go intae the toilet. I hear the lock shuntin intae place.

The office door is left wide open and I look inside,

shieldin my eyes fae the sunlight. There's naebody behind the desk. Mr Nicholson's in the adjoinin meetin room, stood over a cup ae tea, clinkin a teaspoon against the edges.

Sittin right there on the desk is Mrs Campbell's bag, car keys and mobile phone.

My heart's aboot ready tae explode. I ken folk iways say that but it's true. I dinnae ken where I'm goin, I just ken I want as many doors between me and Mrs Campbell as possible. Her phone's an anchor in my pocket.

I go up the stairs, past the visitors' area, past the science base and tae the top floor. I take a right and walk through the English corridor, which is covered in the first years' poetry efforts.

I get tae the furthest away stairwell and take the phone oot. I press the home button and the screen lights up wi a photie ae Mrs Campbell and her pals in big hats at a racecourse. I cannae unlock it withoot her PIN. *Shite.*

Somewhere, a door slams shut. I consider droppin the phone through the gap in the stairs and watchin it pinbaw aw the way doon and smash tae bits at the bottom.

The adrenaline fades and I'm startin tae regret takin it. Did I expect her tae huv an incriminatin screensaver? I start hinkin ae places tae ditch it.

'Are ye patchin me?' says a voice, makin me jump and nearly drop the phone.

Sonny's crept up on me.

'Sakes,' I say. 'Ye scared me. Whit are ye still daein here?'

'I was lookin for ye. I phoned but—' he says, lookin at the phone in my hand. 'Ye must've been patchin me.'

I hand him the phone.

'It's no mine, Sonshine. This yin's hot pink for a start. My mum took mine off me last night. I would've answered, ye ken that.'

Sonny investigates the phone, lightin the screen up again. His eyes widen.

'Whose is this?'

'Mrs Campbell's.'

'How've you got it?!'

'Eh,' I say, scratchin at the back ae my heid. 'Kinda… stole it.'

He chucks the phone back at me like it's a roastin hot tattie.

'Whit did ye dae that for?'

'It was an impulse. Thought she might no huv a lock on it.'

'Wait, if her phone's here, where's she?'

A door opens somewhere below, and voices follow soon after.

'—can't think of who could've taken it. Must have

been the cleaners. We'll go and ask Jackie on the third floor.'

We peer over the bannister. Mrs Campbell and Mr Nicholson wind their way up the stairs towards us.

We make a dash as quietly as we can intae the English corridor. We get through the corridor safely, pass the next set ae stairs and swerve tae avoid a ladder comin doon fae a loft hatch. The art corridor is next, wi the soond ae taps runnin comin fae one ae the rooms. It's just the computin corridor after this and we'll be away.

We go through the double doors and get stopped in oor tracks.

'Hold it, boys,' says Jackie the cleaner. 'Ye'll need tae go back.'

She stands, blockin the way, black bags in one hand, yellow *wet floor* sign in the other.

'We need tae,' I attempt tae say.

'Ye need nuhin,' she replies. 'I've just put bleach doon, and I'm no huvin yeese traipsin through it. Go back and use the other stairs.'

'We'll no step in it,' Sonny tries tae argue. 'We can jump it.'

Jackie looks behind her at the thirty-foot landin, gleamin wi bleach, then turns back tae us.

'Carl Lewis couldnae jump that,' she says. 'Away yeese go and use different stairs.'

I look behind us for Mrs Campbell. The coast is still clear.

'Right, sorry,' I say. 'Come on..'

We go back through the art corridor, the smell ae papier mâché waftin through noo. But when we open the next set ae doors, I see Mrs Campbell and Mr Nicholson huv reached the English corridor, stormin towards us.

I eye up the stairs in front ae us. We might be able tae get doon them and oot ae sight afore they get here.

'We'll no make it,' Sonny says. 'Come on, up here.'

Sonny starts climbin the ladder next tae us. The yin leadin up tae the loft. Pupils dinnae get tae go up there, ever. I can barely protest afore Sonny's aw the way up, his shoes disappearin off the last rung.

✳ FORTY-THREE ✳

The ladder wobbles and rattles as I make my way up and intae the loft. At the top, my eyes struggle tae adjust tae the darkness. I hear Sonny breathin, and my hands find themselves on wooden planks, splinters diggin intae my skin. A shaft ae light is comin fae somewhere, lettin me see a bit ae floorin where I can put my weight. I kneel doon and try no tae breath in too much dust.

'Are they doon there?' Sonny whispers.

I lean over tae check then pull my heid back instantly. I'm feelin a bit queasy aw ae a sudden. I didnae realise how high up we were til noo. My knees wobble and I steady mysel on Sonny's arm.

'Whit did ye see?' he asks.

'My fuckin death after I fall through this roof.'

'D'ye hink they saw us?'

I shrug.

'Did you just shrug there?' Sonny asks.

'Aye.'

'Aw, right. I cannae see cause it's dark.'

'I ken. I was tryin tae be quiet.'

'Shrug again and I'll see if I can see it this time.'

I hear the soond ae the double doors openin. Mrs Campbell's heels thump closer. The light fae below changes a wee bit, like shadows are bein cast on the flair.

'Is someone up there?' Mr Nicholson says. 'If there is, I suggest you come down this second.'

'If you've stolen my phone,' Mrs Campbell says. 'The sooner you turn yourself in, the more lenient I'll be.'

I put my finger tae my lips and hope Sonny can see whit I'm daein and isnae gonnae ask me whit I'm daein.

'We won't wait much longer,' says Mr Nicholson.

I'm regrettin the position I've taken up. My kneecaps are achin wi my full weight on them.

Mr Nicholson speaks again, but he's no talkin tae us. I lean forward tae hear.

'Are you sure you saw someone?' he says. 'It's probably one of the jannies. They'll be sorting the lights or something.'

'I saw black trousers going up there,' Mrs Campbell replies. 'I'm sure of it.'

'Well, unless you want to go up, I say we go and see Jackie. She probably put the phone in lost and found.'

There's nae movement for a while. Then a grumble, and I can hear Mrs Campbell's heels walkin away.

I adjust my weight a wee bit, wonderin how we're gonnae get back doon withoot bein spotted. Sonny starts movin wildly, his hands flappin aboot. I've nae clue whit he's tryin tae tell me. Then he sneezes. A huge sneeze. I feel the spray on me.

Mrs Campbell's footsteps march their way back tae

the bottom ae the ladder.

'Get up there!' she says.

'I really don't think that's best, Deborah,' Mr Nicholson says. 'This is my good suit.'

'Another useless fucking man. I'll do it my bloody self.'

'Deborah, as you're not technically employed here anymore, I don't think you're covered on the insurance.'

'Good, then I'll sue if anything happens,' she says, and the ladder begins shakin as she gets on. 'Wait, hold my shoes.'

The ladder goes still again. I get tae my feet quickly, no worryin aboot huvin a sure footin. I reach in front ae me and gie Sonny's collar a tug tae let him ken tae follow me.

Each step is a chance. There must be a solid path up here somewhere, but I keep steppin in soft insulation which feels like it's ready tae drop me intae a classroom.

'Where are we goin?' Sonny whispers.

'The jail, maist probably.'

I pull mysel forward on a wooden beam. A stringy cobweb wraps aroond my foreheid as I lead us further intae the loft. I look back and can make oot Sonny's frame behind me, and further back is the light fae the open shaft we climbed up. Nae sign ae Mrs Campbell yet.

I realise I've been leadin us towards the one wee bit ae

light up here. As I get closer, I see whit it is. It's daylight, shinin in straight lines through a grate in the ceilin.

I squint as I look up through it. A cloud moves by slowly and I can hear folk laughin fae oot the in playgroond. The grate's sooty on my fingers as I press against it. At first, it seems tightly shut, but a few sharp jabs wi the heel ae my hand clangs it open. I've no got time tae worry if Mrs Campbell can hear it.

'Up ye go, Sonny,' I say tae him. 'I'll gie ye a leg up.'

I lock my hands thigether and place them oot for Sonny's foot.

'My shoes might be dirty,' Sonny responds.

'I'll live, just go!'

A solid rubbery sole presses doon on my hands and I push him up through the skylight. He's some size but I manage tae get him on tae the roof.

Sonny scrambles on the ledge and sweeps his legs over and moves oot ae sight for a second. Then he reappears, lowerin a hand doon towards me.

'Up ye come.'

I look back towards the ladder. Maybe she's no comin up after aw.

'Whit's it like up there?' I ask him.

Sonny looks aroond.

'Nice view.'

'How high is it?'

'Well, I'm on top ae the school, Daughter, so quite high, like.'

I take a deep breath. Then look back at the ladder again.

'Come on, mate. This is why we've got fears, so we can face them.'

Sonny extends his arm further doon.

'Why don't ye ask oot that Jack boy that sits next tae ye at the fitbaw first then?' I say.

A crashin soond comes fae somewhere in the loft. I grab Sonny's arm and jump up towards the open air. My hand grasps the ledge and I kick mysel off some unknown object as I struggle up. My chest gets over the ledge first. Then it's diggin intae my ribs and I can barely breathe. Sonny grabs me under the armpits and heaves me up the rest ae the way.

Gravel crunches under me as I lie in a heap on my side. It feels gid tae breath in fresh air again. I take in my surroundins. The roof ae the school is maistly flat and stretches oot on either side ae us. A few big air ventilation boxes sit here and there. Sonny takes my hand and lifts me tae my feet.

The hale ae Stirlin stretches oot intae the distance. I look at my feet instead.

'Feelin a wee bit sick?' Sonny asks.

'A bit,' I say. 'Mainly cause we're getting caught in thirty seconds when Mrs Campbell comes up here. Fuck. I'm sorry.'

Sonny smiles. I cannae believe him sometimes.

'Would ye stop smilin for once in yer life, Sonny! I've fucked it and I'm sorry. I'm sorry I got ye in this situation. I'm sorry I huvnae been back tae see yer gran wi ye. I'm sorry I dinnae ken how tae talk tae ye aboot ye bein gay.'

I turn away fae him and look over the other side ae the school. Bannockburn takes up maist ae the view, wi Hill Park over tae the right.

'I'm sorry I've been a shite friend,' I say.

I wipe the tears in my eyes then take Mrs Campbell's phone oot my pocket and turn it over in my hands.

'Aw this shite I've put ye through. Aw because I wanted a teacher back. Aw because I wanted tae copy Kimberley. Whit a fuckin child I am.'

I press the home screen on the phone again. It lights up wi Mrs Campbell's face. I throw it as hard as I can at the groond. It splits intae pieces. The case, battery and back panel land in bits aroond my feet.

'I'm just...' I say, 'sorry.'

'Daughter,' Sonny says. 'Ye dinnae need...'

A female hand appears fae the loft, a weddin ring clickin against the grate.

✱ FORTY-FOUR ✱

Mrs Campbell's heid appears and she locks eyes wi me.

'I knew it,' she says. 'Don't you move.'

She ungracefully joins us on the roof. I hear Mr Nicholson groanin fae below, shovin her up. As she gets tae her bare feet, Sonny and me start walkin backwards. No that there's anywhere tae go.

'I said don't move!' she says, approachin us. 'You scummy little neds.'

'Deborah,' comes Mr Nicholson's voice fae below. 'Help me up! And stay away from any ledges.'

'In a minute,' she replies, gettin even closer. 'Where is it, then?'

I inspect my nails.

'Where's whit?' I say.

'Spare me. You can't outsmart me. Sonny, where's the phone? I know he's making you do this against your will. I know you probably don't understand what's happening.'

I'm ready tae tell her where tae go when Sonny pipes up.

'Dinnae speak tae me like that,' he says. 'I'm no a stupit wee laddie. I ken whit I'm aboot. And I ken whit you're aboot.'

Pantin and huffin and sighin, Mr Nicholson slowly

makes progress in his attempt tae join us on the roof. His green tie catches the wind and flaps in his face.

'I'll be there in a minute,' he says. 'Everyone be safe.'

'How dare you speak to me like that,' Mrs Campbell says tae Sonny. 'I may not work here anymore, son, but I can still get you kicked out on your arse.'

'Aye, very gid,' I say. 'Would that no be the cherry on the fuckin cake. Ye've killed an auld man, ruined the career ae a great teacher, got yer son tae take photies ae an underage lassie in a nightclub. Get us expelled, aye, just fuckin go ahead and dae it. In fact, why no just push us off the ledge!'

I walk tae the ledge and put my foot up on it, hopin my legs dinnae gie way.

'Here, I'll speed hings up,' I go on, leanin over and closin my eyes. 'Oaft, wouldnae survive that.'

I open one ae my eyes a tiny bit. A group ae pupils has gathered below, pointin up wi their fingers and phones. They dinnae seem aw that bothered aboot me jumpin. I realise Mum might be doon there and lean back.

'Well, Billy,' Mrs Campbell says. 'I'm not going to stop you. So, McDonald's loses a future employee, big deal.'

'Is that right, Deborah?' I reply.

Teachers cannae stand it when ye call them by their first name.

'You've no respect,' she says, pointin her finger at me. 'No wonder, with your family.'

Mr Nicholson slithers on his stomach and oot on tae the roof.

'Get down from there, lad,' he calls. 'They'll kill me if you fall.'

'Fuck me,' I say, puttin both feet back on the roof. 'Can one ae you teachers act like a fuckin human for one fuckin second. And Deborah, dinnae speak aboot my family like that. Family doesnae mean anyhin tae you.'

The wind picks up, almost blowin over Mr Nicholson as he gets tae his feet. The soond ae sirens starts, far in the distance.

'I think this has gone on quite long enough,' he says.

'Mr Nicholson,' I say. 'I stole the phone, but I was tryin tae prove suhin. Deborah here, she swapped oot her faither-in-law's pills. He died a few weeks back, it was in the papers. She's gettin aw his money in the will. But Miss Baird knew aboot it tae, and didnae want tae move away like they'd planned. Deborah made it look like Miss Baird slept wi her husband so she'd huv nae other choice but tae leave.'

'They telt the pupils tae keep quiet,' Sonny adds. 'Cause they knew it would look better if they tried tae cover it up.'

'Miss Baird went along wi it cause...'

I pause, no really wantin tae say the words. It still feels like I'm betrayin her here. Like somewhere, she'll hear me. The sirens are gettin closer. On the horizon, two polis cars speed along the road.

'Cause she was meant tae swap the pills hersel,' I manage tae say. 'Deborah recorded her sayin she'd dae it. They were gonnae split the money. Miss Baird was desperate. But she didnae dae it.'

The phone conversation came back tae me on the walk tae school. The yin fae that first detention. The person on the other side ae the phone sayin they couldnae dae it. It wasnae Damien sayin he couldnae face his drivin test. It was Miss Baird sayin she couldnae kill Mr Innes.

'Miss Baird changed her mind on the day,' I go on. 'Only, oor Debs here had thought ae that. She'd awready swapped the pills, just in case.'

I wanted tae see Mrs Campbell's face when I said it. She doesnae look happy but she's no looked happy in a long time.

'Enough,' Mrs Campbell shouts, tryin tae be louder than the wind. 'How dare you, you ignorant little…'

I step forward and shout over the top ae her. It's my last chance tae get it off my chest.

'You telt her you'd go tae the polis wi the recordin if she didnae go along wi the story,' I scream at her. 'If she didnae say she'd shagged yer husband. If she didnae leave Stirlin and no come back. You ruined her life!'

She steps forward and grabs me by the collar. Her sharp, red nails scrape against my neck. Her stinkin perfume lands on my tongue. Then she smiles, and as she does, the polis sirens feel like they're on the roof wi us.

'Nice story,' she whispers, so quiet even Sonny willnae be able tae hear. 'No one's going to believe you. Thanks for stealing my phone though, the day after you tried to steal my laptop. Pity you couldn't find the phone I used to be Sair Throat.'

I fuckin knew it was her. I just knew it.

'When I speak to the police this time,' she goes on. 'I won't be so understanding. You and Sonny are going to feel right at home in the young offenders.'

She lets me go then runs her hand through her hair. The back ae her heid looks a mighty temptin target as she walks back tae Mr Nicholson.

'Ye're a bad person, Mrs Campbell,' Sonny says, comin tae my side. 'My mum says I shouldnae hate people. So, I dinnae hate ye, cause I wouldnae want tae let her doon. I dinnae like lettin folk doon. Whit aboot you, Mrs Campbell? D'ye hink ye've let folk doon?'

Mrs Campbell laughs and looks over Stirlin. The clouds above us are gettin darker and it looks like rain's comin.

'Sonny,' she says. 'The day I care what a perverted idiot like yourself thinks will be the day you can put me in Viewforth.' She turns tae me. 'The phone. Hand it over.'

I let oot a wee chuckle. In fact, I start killin mysel laughin. The situation might be bleak but at least I get this moment.

'Well?' Mrs Campbell says.

I realise how quiet it is. The sirens, which felt like they were on top ae us, huv stopped. I walk tae the edge ae the roof again.

Doon below, I see two polis cars, abandoned at funny angles in the pedestrian-only walkway at the front ae the school. The group ae folk doon there is bigger noo. A few ae them wave up at me. I wave back and feel like one ae the Beatles.

'I smashed it!' I shout doon tae them. 'I smashed her phone. Mrs Campbell's phone. I took it and smashed it tae bits. It's totally fucked noo, like. Warranty's oot the fuckin windae! Yasss!'

I gie them a thumbs up and turn back tae face Mrs Campbell.

'Noo, that felt fan-fuckin-tastic,' I say, comin off the ledge, realisin my fear ae heights might no be as bad as I thought.

Mrs Campbell begins searchin the area aroond her. But as she turns, a new face joins the action. Another heid pops up fae the hatch. This yin's wearing a polis hat and jacket.

'Police!' Mr Nicholson shouts, pointin at the guy rather than helpin him up. 'The police are here! Who called the police?'

The polisman scales his way on tae the roof

impressively and is soon joined by his colleague. It's PC Morrison and PC McMenemy, fae last night.

'We had a call,' PC McMenemy says, her voice huvin a lot mair authority than the teachers'. 'That a Glasgow gangster called Johnny "*The Giro*" was chasing a Battlefield pupil on the roof. We thought it was a hoax, but then one of the teachers confirmed there were people on the roof.'

'Arrest them,' Mrs Campbell says, rushin tae their side. 'It's the same two who tried to steal my laptop. They've stolen my phone and destroyed it. The boy's just admitted it.'

'How about,' PC Morrison begins, puttin his hand on Mrs Campbell's arm. 'We all go back inside, where it's safe? We can take your statements down there.'

Mrs Campbell nods.

'Of course, officers,' Mr Nicholson says. 'I heard everything, don't you worry. I will co-operate entirely.'

'Aye,' PC McMenemy says. 'You sort of have to, sir.'

'Ah, yes, but I'm really happy to help the investigation. You can count on me. I had the best view of everything, from back where I was standing, you see.'

'Downstairs,' PC Morrison says. 'We'll hear it all downstairs. Firstly, let's get these boys down where it's safe. Billy? Sonny?'

We walk slowly towards them. Towards the shitestorm tae come.

'Officers,' Sonny starts. 'Mrs Campbell, she killed…'

'Sonny,' I cut him off. 'Dinnae, mate. No right noo, anyway.'

We approach the hatch and I realise how the polis got up so easily. They brought a ladder wi them, and it sits ready tae carry us back doon. PC Morrison hands me and Sonny a torch each.

'Careful on the steps,' he tells us.

As Sonny and me flick oor torches on, and each gesture for the other yin tae go first, I spot PC McMenemy oot the corner ae my eye. She's wandered over and stands lookin at the broken pieces ae Mrs Campbell's phone.

'Is this your phone here, ma'am?' she asks, crouchin doon tae inspect the damage.

Mrs Campbell, her bare feet noo pure white, hobbles over.

'Yes, yes, that's it,' she says. 'I told you, didn't I? I told you he'd smashed…'

'Stay back, ma'am,' PC McMenemy says, stoppin Mrs Campbell in her tracks. 'Don't come any closer.'

'I've told you, it's my phone,' Mrs Campbell says. 'I should be allowed to look at my own phone, for God's sake.'

PC McMenemy holds oot a hand tae let Mrs Campbell ken she should stay where she is.

'Phil,' she says, and PC Morrison walks aroond me

and over tae her. 'Have you got gloves on you?'

He pulls a pair ae blue forensic gloves fae his pocket and hands them tae PC McMenemy.

'What's this all about?' Mrs Campbell demands. 'You don't have to look for their fingerprints, they've admitted to it.'

Me, Sonny and Mr Nicholson slowly creep over and stand behind Mrs Campbell, who's too concerned wi her phone tae notice us.

'Tell me what's happening!' she demands.

PC McMenemy snaps on a glove, her hand tightly encased in blue. She uses her gloved hand tae dig intae the wreckage ae the phone. The group ae us: two teachers, two students, aw lean forward tae see whit she's foond.

Her hand reaches doon tae the phone itsel, where the back panel's come off and the sim card is showin. Her fingers dig intae the space where the battery should be. Sonny and me look at each other and I'm just as clueless as him for once.

There's a tiny plastic parcel in the phone, which is tightly packed in, and PC McMenemy has tae gie it a hard tug tae free it. She holds it oot in front ae her, for her partner tae see.

'No,' Mrs Campbell says, panic in her voice. 'I don't know where they came from. I've never seen them before in my life.'

Inside the parcel is a handful ae wee, colourful dots.

I'm no that knowledgable aboot these kind ae hings, but it looks like tablets. The kind ae cocktail ae pills auld folk get in care homes. Except these yins huv distinct colours. Bright blue and yellow.

✳ FORTY-SIX ✳ EPILOGUE

Mel and Scott recognise me straight away.

'It's been a while!' Scott says. 'But any friend of Sonny's is a friend of ours.'

I mind the way tae the main livin room. I lean on the doorframe and scan the room for Sonny. I keep an eye oot for Mr Reynolds tae, so I can stay oot ae his way.

I find Sonny, just like afore, kneelin by his gran's chair, readin her Spot the Dog. His eyes are fixed on the page and her eyes are fixed on him.

I walk up tae them slowly, hangin back til he finishes the page he's on. He closes the book over and she pulls him in for a kiss on the cheek.

'Bravo,' she says, loud enough for everybody in the room tae hear. 'Every word perfect!'

Sonny tells her tae quieten doon while he stretches oot a cramp in his leg. Then he sees me.

'Awright, mate,' I say.

'Awright,' he replies, smilin. 'Gran, d'ye remember my friend Billy?'

I step forward and extend my hand towards her.

'Hello, Mrs Irvine,' I say. 'Nice tae see ye.'

Mrs Irvine adjusts her glasses and takes me in.

'Hmm, very blue eyes,' she says, shakin my hand.

'Very blue.'

The way she says it doesnae make it soond like a compliment.

'Thank you?' I say. 'Yours arenae bad yersel.'

'Ohhh,' she squeals. 'Ye're gonnae break some hearts when ye grow up, son.'

I find a spare seat nearby and drag it over.

'I'm no in a rush,' I tell her. 'Tae grow up. I'm no sure I'm ready tae be a man just yet.'

She nods like she kens whit I'm on aboot. Her hand goes doon the side pocket ae her chair and brings oot a packet ae Hobnobs. She offers me yin, but I decline. Sonny tidies the Spot book away.

'We should go,' he says. 'I'm sure Billy's needin away, Gran.'

I look up at him.

'I'm free, mate. Sit back doon, I want tae hear aw the embarrassin stories aboot ye. Huv ye got any ae those, Mrs Irvine?'

'Well, off the top ae my heid,' she hinks. 'Only aboot a dozen. D'ye ken he's made a pal called Jack at the fitbaw?'

A couple ae hours later, Sonny and me step ootside intae the warm July sunshine.

'Thanks for comin,' Sonny says. 'D'ye hink it's awright for us tae see each other again?'

I take off my hoodie and wrap it roond my waist. I'm still no used tae this weather yet.

'Aye, why no,' I say. 'Trial starts the day, anyway. No like the attention's on us anymair. Was yer mum pure ragin at ye?'

Sonny nods.

'She cheered up after aboot a month,' he replies. 'Mike thought it was cool though. Whit aboot your parents?'

'Let's just say my induction at B&M is on Monday,' I say.

There were a lot ae papers sniffin aboot in the weeks after the incident on the roof. Oor parents thought it would be best for Sonny and me no tae be seen thigether for a while. We had a month off school for exams, then oor parents kept us off the rest ae term tae be safe. We didnae text either, cause Dad was sure they were tryin tae hack oor phones.

'I heard Cammy and that are goin tae stand ootside the court and shout abuse at Mrs Campbell,' Sonny tells me. 'Did ye no fancy it?'

'Naw,' I say. 'No for me.'

Realistically, I'd love tae see Mrs Campbell's soor coupon, walkin in tae the court, gettin pelters off everybody. But then I'd need tae see Miss Baird tae. Their trials are back tae back. Mrs Campbell claims Mr

Innes's pills were planted by Miss Baird in the back ae her phone, while Miss Baird says Mrs Campbell forgot aboot them after she switched them at the care home. I ken who I believe.

'We did the right hing, Daughter.'

We pass hings ye only see durin the few golden days ae a Scottish summer. Grown men, either wi big, hairy bellies, or as stick-thin as ye can get, walkin aboot with nae tops on. Folk huvin picnics on any bit ae grass that's available. Car windaes rolled aw the way doon.

'Listen,' Sonny says. 'I've had a lot ae time tae hink aboot whit ye said on the roof. I dinnae want ye tae feel bad that we never talk aboot... certain stuff. I've got other folk I can talk tae aboot that part ae my life. It's enough that ye're... there.'

'Aye,' I say. 'But I ken it's no exactly easy. Ye're the only gay guy in oor year. Howarth's the only bi yin.'

Sonny chuckles and shakes his heid.

'Whit?' I say.

'Mate, dinnae tell me ye're that naïve. Howarth and me arenae the only two.'

'Really? Who else?'

'I'm no gonnae out folk tae ye, am I?'

'Gid point.'

I wipe a bead ae sweat fae behind my ear. When I was on that roof, I could finally be honest wi him. But noo that we're back on solid groond, I'm no sure whit tae say.

'I ken ye want tae dae maths at uni cause Kimberley does it,' Sonny says. 'And ye hink that's silly, or childish, but it's no. That just means Kimberley's a crackin big sister, and ye want tae be like here. Whit's silly aboot that?'

I'm drawin a blank once again. I put my arm aroond his shoulder.

'Ye ken whit?' I say. 'If ye werenae so daft, ye'd be dangerous.'

He smiles that smile ae his. I've missed it these last few months.

'Anyway, enough ae this,' I say. 'Or one ae us is gonnae start greetin.'

'It'll be you,' Sonny replies.

'Nae chance. It'll be you. Your favourite film's *The Crying Game*.'

'Your favourite Justin Timberlake song's *Cry Me A River*.'

'That's everybody's favourite Justin Timberlake song.'

An ice cream van chimes doon the road and folk flock tae it like a puddle in the desert. A dad puts his wee girl on his shoulders so she can read the menu on the side ae the van. I hink aboot poor wee Tilly Baird and where she'll end up after the trial.

'See last month,' I say. 'Folk were taggin me nonstop on Facebook and I was gettin prankied every two seconds. I was so close tae tellin everybody aboot Genevieve and

Damien. It would've given everybody suhin else tae talk aboot.'

Sonny stops us in oor tracks and looks me right in the face. Wee Spot on his neck catches the sun.

'But ye would never dae that, Daughter.'

'Naw?'

'Naw. Cause you're my best friend. And my best friend wouldnae dae that.' He walks ahead. 'Noo, let's see if the icey does rainbow slushies.'

I smile and follow on. I'm lucky I've got him tae keep me right.

THE END

ABOUT THE AUTHOR

Ross Sayers grew up in Broomridge, Stirling and his school was in NO WAY like Battlefield High. NO WAY AT ALL.

His debut novel, 'Mary's the Name', was released in 2017 and was shortlisted for the Saltire First Book Award.

He is currently working on his third book, a time travel novel set in Glasgow.

You can tweet him praise or abuse @Sayers33

Photo credit:
Laura Thompson

AUTHOR'S NOTE

I had a fairly lonely existence in my teenage years. If you're in high school and going through hell, please keep going. There's so much more to life once you're out of that place.
&
If you're able to give blood, please do. You will probably not shite yourself.

ACKNOWLEDGEMENTS

Thanks, as always, to my friends and family for reading the early drafts when the book was, let's be honest, a bit sh...ort of quality.

Extra cheers to:

Anne and Kelly at Cranachan, for giving Sonny and Daughter a home. (And letting me put so much swearing in, can't wait for the complaints from parents).

Laura, for putting up with me.

Reece, for his sayings.

Jemstone, for Sonny instead of Sunny.

Chris, for letting me have the comfy chair to write in.

Peter, for helping me with the ending.

Hollie at Cranachan, for her marketing skillz.

Folk who read and champion Scottish fiction.

THANK YOU!